U0663448

少年派

我们读诗

我们读诗 编

张海龙 主编

ZHEJIANG UNIVERSITY PRESS
浙江大学出版社

图书在版编目（CIP）数据

我们读诗·少年派 / 张海龙主编；我们读诗编.
— 杭州：浙江大学出版社，2018.6
ISBN 978-7-308-18048-1

Ⅰ.①我… Ⅱ.①张… ②我… Ⅲ.①古典诗歌－
诗歌欣赏－中国－少儿读物 Ⅳ.①I207.22-49

中国版本图书馆CIP数据核字（2018）第049813号

我们读诗·少年派

WOMEN DUSHI SHAONIAN PAI

张海龙　主编

我们读诗　编

特邀策划	新假日传媒
选题策划	平　静
责任编辑	平　静
文字编辑	戴秋诗
特邀编辑	陈智博　娥娥李　左　悦
责任校对	闻晓红　杨利军
封面设计	麦山形象策划　王俊贤
插　画	柳儿（Liuer）
排　版	杭州兴邦电子印务有限公司
出版发行	浙江大学出版社
	（杭州市天目山路148号　邮政编码310007）
	（网址：http://www.zjupress.com）
印　刷	浙江省邮电印刷股份有限公司
开　本	710mm×1000mm　1/16
印　张	17.5
插　页	10
字　数	268千
版印次	2018年6月第1版　2018年6月第1次印刷
书　号	ISBN 978-7-308-18048-1
定　价	50.00元

版权所有　翻印必究　　印装差错　负责调换

浙江大学出版社发行中心联系方式：（0571）88925591；http://zjdxcbs.tmall.com

每个孩子都是天生的诗人，因为孩子的
心里面有座包罗万象的纯真博物馆。

　　每个孩子都是天生的航海家，因为
孩子的未来在充满希望的远方。

每个孩子都是天生的艺术家，因为
他们都来自灵魂最早出发的地方。

我们读诗少年派，π，就意味着无限
可能……

带着诗篇去奇幻漂流

文｜张海龙

一

每个人的心里都住着一个少年，都要经历属于自己的奇幻漂流。

在"我们读诗"的介绍里，我写下了这样一句话："WORD TO WORLD，语词即世界，书写即远行。"如你所知，了解这个世界最好的求知方法，莫过于"读万卷书，行万里路"。只有先"观世界"，才可能拥有"世界观"。走走停停，丈量大地，发现美好，才是我们最理想的人生。

一位北欧诗人说："我们总习惯仰望星空，却忘了脚下这块土地，才是离我们最近的星星。"

没错，换个角度，换种思维，我们就能发现一个全新的诗意世界。这也正如电影《少年派的奇幻漂流》中所说的那样，一个故事有两种讲法，一种梦幻而美好，一种真实却残酷，看你更愿意相信哪一种。心中有诗的人，或许能看到这个世界更多美好的一面。

那么，在一个人刚刚长成之时，由诗出发，游历世界，来一段"奇幻漂流"岂非好事？

2015年，我有幸成为"杭州大使环球行"中的一员，用三十天的时间环球一周，穿越三个大洲七个国家八座城市两个岛屿。正是在那次环球之旅中，我惊喜地发现，每座城市其实都活在一句诗里，每座城市都是一座被反复书写的城市。

比如，杭州就活在苏东坡的"水光潋滟晴方好，山色空蒙雨亦奇"里，而巴黎则是米沃什的"去向众人艳羡的世界之都"，雅典就是卡瓦菲斯的"没有比这更好的城市"，威尼斯是里尔克笔下的"这座城已不再飘浮，像鱼饵一般/捕捉所有冒出水面的白昼"，日内瓦则有博尔赫斯的"突然间黄昏变得明亮/因为此刻正有细雨在落下/或曾经落下"，而纽约则有金斯伯格的"美国，我给了你一切可我却一无所有"……

正是在这种意义上，杭州就与那些伟大的世界级城市拥有了共同的诗意背景，也让这座城市在诗文传统中更具魅力与品位。古往今来，杭州都以西湖闻名天下，但西湖之美并非全在山水风景，而在于千百年来那些有关西湖的诗篇。曾经，我和女儿行走在西湖边时，她忽然像发现了一个秘密似的叫了起来："爸爸，我发现很多诗都是在西湖边写的呢！"

是的，从白居易到苏东坡，从张岱到戴望舒，杭州从来都是一座诗歌之城。苏东坡看过的山水我们今天亦在观看，戴望舒走过的雨巷我们今天仍在穿行，那些山水与街巷激发的诗情需要我们今天重新书写。

由是，在杭州这座最具中国经典意象的城市，我发起创立了"我们读诗"活动，我想用诗意把经典中国嵌入我们的记忆。

二

有人曾经问我："在这个众声喧嚣的时代，诗真的还有人在读吗？"

还有，我们到底为什么要读诗写诗？诗到底有什么用？在中考、高考作文都明确表示不允许写诗的前提下，我们又为什么要鼓动被学业重压的孩子们去触摸诗意？

有这样一段精辟的回答，言简意赅，记忆深刻，几乎讲明白了所有道理："当你还是个孩子时，你肯定吃过很多食物，现在你已经记不起来吃过什么了。但可以肯定的是，它们中的一部分已经长成你的骨头和肉。"

没错，那些我们读过写过的诗也许根本就是无用之物，但它们可以让我们的生命更加丰满充盈，能让我们知道自己到底从何而来又向何而去。那是一份超越时空而来的珍贵礼物，让我们在某些稀有的时刻突然明白了生命的意义。所谓的好诗，就像寒夜里的一束光，能够照亮身前的道路。

而且，诗在我们这个国度并非稀有之物，而是每个人共同拥有的文化记忆。从小学到高中，整整十二年级的语文课本里，古今中外的诗歌作品就超过了一百首。这样的诗歌普及程度，在全世界的语文教育里都属罕见，这也意味着我们每个人都拥有诗的基因。

课本里的诗，就是一种发扬蹈厉的理想主义精神，它体现在那些"中国经典"之中。所谓的理想主义者，就是要有一种"日暮乡关何处是"的儒雅文气，就是要有一种"虽千万人，吾往矣"的孤绝勇气，就是要有一种"金戈铁马，气吞万里如虎"的澎湃诗意！

课本外的诗，就是一种生生不息的文化生命价值，它体现在那些"世界视野"之中。越来越多的孩子走出去，始终从外部获得自我更新的动力，从来都相信"他山之石，可以攻玉"的道理。诗歌就是行走，灵魂始终向前。走读这个世界，本身就是一首最好的诗！

行走需要动力，奇幻需要想象。正是出于此种考虑，"我们读诗"团队从三年多时间里推出的一千多期节目当中，精选了一百二十首适合给孩子们读的诗，郑重命名为《我们读诗·少年派》，交由浙江大学出版社结集出版。诗歌文本之外，我们还专门为每首诗都配备了解读点评以及朗读音频，意欲从内容与声音两个方面引导孩子们进入诗歌之境。

诗歌编选的标准，我们有意规避了"童诗"而指向"天真"，我们有意放弃了"深刻"而追求"新鲜"。一直以来，我都记得阿根廷诗人博尔赫斯的一句忠告："太多的儿童文学作品是一种灾难。"他的意思是说，不要在阅读上低估孩子们的理解能力，每个孩子都有着成人所无的"开天眼"神通，他们会有一种最自然而然的通灵本领去感知这个世界。

所以，这本书不同于市面上其他那些"给孩子们的诗"，它更可感、更多元、更有用。如果少年派真的需要漂流重洋，我们这本书就相当于船上扯起了风帆，方向性更强，航行的姿态也更优美一些。

　　感谢浙江大学出版社少儿分社社长平静女士的青睐，以及编辑戴秋诗小姐的努力；感谢诗人娥娥李"锱铢必较"般的诗歌文本校正，她的极度认真源于她对诗歌的极度热爱；感谢"我们读诗"执行主编陈智博的反复打磨，日拱一卒的缓慢推进其实让这本书多了一份厚重；感谢所有出现在这本书里的诗人、点评人以及朗读者，众人拾柴火焰高，我们一起做了一件既有温度又有态度的事情，这才叫作"把生命浪费在美好的事物上"。

　　诗人聂鲁达曾说："吟唱诗歌不会让我们劳而无功。"

　　这句话，正道出了我心中所想。

目 录

对星星的诺言

对星星的诺言

[智利] 加夫列拉·米斯特拉尔/著　王永年/译

扫一扫，
聆听给孩子的诗
朗读者：俞尤棠

星星睁着小眼睛，
挂在黑丝绒上亮晶晶：
你们从上往下望，
　　　看我可纯真？

星星睁着小眼睛，
嵌在宁谧的天空闪闪亮，
你们在高处，
　　　说我可善良？

星星睁着小眼睛，
睫毛眨个不止，
你们为什么有这么多颜色，
　　　有蓝、有红、还有紫？

好奇的小眼睛，
彻夜睁着不睡眠，
玫瑰色的黎明
　　　为什么要抹掉你们？

星星的小眼睛，
洒下泪滴或露珠。
你们在上面抖个不停，
　　　是不是因为寒冷？

星星的小眼睛，
我向你们保证：
你们瞅着我，
我永远、永远纯真。

加夫列拉·米斯特拉尔
智利女诗人。1945 年获诺贝尔文学奖，成为
拉丁美洲第一位获得该奖的诗人。

永葆初美之心

文｜娥娥李

　　无论世间如何苍茫，人对宇宙的探寻和对夜的辨析以及对星星的寄语从未停止。诗人更是如此。在这首关乎星星的诗里，显然能看到诗人摒弃以往对人间命运、社会现状的忧虑……以一个女性细腻、柔软、纯净的心灵感悟，用拟人化的修辞方式，与孩童般的星星进行对话。

　　我深信人对一切事物的认知来自于心灵。若我们相信物质世界是一切的前提和结果，那么我们很难理解《对星星的诺言》。

　　我信仰万物有灵：笃信石头有石头的魂灵，小草有小草的思维。颇为肯定，至少在这首诗里，诗人米斯特拉尔有同样的心迹。所以她才会说"星星睁着小眼睛""睫毛眨个不止"，在黑丝绒般静谧的夜里闪闪发亮；在"玫瑰色的黎明"，疼惜小星星是不是因为寒冷而抖个不停，"洒下泪滴或露珠"。

　　诗人仰望着那些淘气的会咯吱咯吱笑的小星星，希求可以做他们的好朋友；且认为亲近这些代表着高远、灵性、纯洁又可爱的小家伙们，会督促她成为一个善良而美好的人。

　　诗人对星星的承诺，何尝不是对心灵的承诺？至此，我们会发现星星乃诗人灵性世界的导引，是其价值观念的外在表现，同时投射了她对待人生的态度：无论前路曲折抑或通畅，将永葆初美之心。

　　小星星，我们拉钩！我也要向你们保证："你们瞅着我，我永远、永远纯真。"

河流

[日本] 谷川俊太郎/著　田原/译

扫一扫，
聆听给孩子的诗
朗读者：夏琳

妈妈
河流为什么在笑
因为太阳在逗它呀

妈妈
河流为什么在歌唱
因为云雀夸赞着它的浪声

妈妈
河水为什么冰凉
因为想起了曾被雪爱恋的日子

妈妈
河流多少岁了
总是和年轻的春天同岁

妈妈
河流为什么不休息
那是因为大海妈妈
等待它的归程

谷川俊太郎

日本当代诗人、剧作家、翻译家。21岁出版
第一本诗集《二十亿光年的孤独》，被称为昭
和时期的宇宙诗人。"生命""生活"和"人
性"是其抒写的主题。

📖 爱、顽童以及自然

文 | 涂国文

　　日本诗人谷川俊太郎，我曾在一次国际诗会上见过他，是一个温和、沉静的老人。读见过面的诗人的诗歌，感觉格外亲切。《河流》是一首"对话体"儿童诗，诗歌模拟一个孩子与妈妈对话的场景，采用孩子问、妈妈答的方式，表现了儿童对世界的好奇和探寻。诗歌有形象、色彩、声音、温度，同时又蕴含着孩子也能理解的生活哲理。

　　儿童文学的三大母题——爱、顽童和自然，在这首诗中都有所体现：它书写的是孩子面对河流而产生的疑问和思考，既反映了儿童对自然的探索精神（自然的母题），又反映了儿童对世界充满好奇，爱幻想，爱追问，"打破砂锅问到底"的心理特征（顽童的母题）。诗歌中的母亲，是一个和蔼、耐心、循循善诱的母亲形象。面对孩子小脑袋瓜中无穷无尽的问题，她不厌其烦地进行解答，同时又自然巧妙地将"百川终归海"这类生活哲理，输入孩子的大脑，启迪孩子的思维。

　　这一切，都源于母亲对孩子的深爱（爱的母题）。整首诗呈现了一幅和谐、幸福的亲子教育图景。在艺术表现手法上，这首诗采用了排比、拟人、反复、比喻等儿童诗常用的修辞手法，形象鲜活，浅显易懂。

新年

[意大利] 贾尼·罗大里/著　邢文健　亓茜/译

扫一扫，
聆听给孩子的诗
朗读者：李琪

新年的儿歌，
带给我全年的祝福：

我要有阳光的四月，
凉爽的七月，温和的三月。

我要一天里没有黑夜，
我要大海没有风暴。

我要面包永远新鲜，
我要桃树鲜花盛开。

我要猫儿狗儿做朋友，
我要泉眼儿里喷牛奶。

如果我要求太多就会一无所获，
我只要一张快乐的笑脸。

贾尼·罗大里

意大利作家、新闻记者，被誉为20世纪最伟大的儿童文学作家之一。一生为儿童写出大量作品，其中《洋葱头历险记》《吹牛男爵历险记》等被译成各种语言在全世界广为流传。1970年获国际安徒生奖。

温暖的祝福与逆转的张力

文 | 涂国文

《新年》是一首欢快的儿童诗。诗歌以童稚的口吻，表达了诗歌中的小主人公"我"对新年的憧憬。全诗共六节，第一节总起全诗：新年到了，"我"要给自己祝福。第二至第五节运用排比句式，抒写了"我"内心美好的期盼："我"期盼在新的一年内，阳光明媚、天地祥和、食品鲜美、鲜花盛开、人间友爱、奇迹发生。最后一节，诗歌来了一个逆转：如果上述愿望都不能实现，那么"我只要一张快乐的笑脸"。

这是一首童真的诗歌、明媚的诗歌、温暖的诗歌和美好的诗歌，全诗连用"我要……"的排比，将小主人公对新年充满期盼、充满幻想、充满美好祝福，有点急切并且懂得自我回转的心理表现得淋漓尽致，真实而生动。从艺术表达效果上看，全诗最大的亮点，就在于最后一节的逆转，其作用有四：一、出人意料；二、以逆转制造艺术张力；三、揭示了人生的真谛——快乐最重要，给人以启迪；四、卒章显志，揭示诗歌主旨。

读罢这首诗，一个天真无邪、对世界充满爱的儿童形象跃然纸上，一种"快乐最重要"的生活共鸣了然于胸。

对星星的诺言

星星

[芬兰] 伊迪特·伊蕾内·索德格朗/著　北岛/译

扫一扫，
聆听给孩子的诗
朗读者：方菊芬

当夜色降临
我站在台阶上倾听；
星星蜂拥在花园里
而我站在黑暗中。
听，一颗星星落地作响！
你别赤脚在这草地上散步，
我的花园到处是星星的碎片。

伊迪特·伊蕾内·索德格朗
芬兰瑞典语女诗人，一生出版了四部诗集。

一首诗就够了

文｜张海龙

不用写那么多，索德格朗一生写出这么一首诗也就够了。这个苦孩子，看着星空，想象着星星从天上掉下来，在花园里摔得粉碎。然后她小心翼翼地说出了她此生最棒的两句话："你别赤脚在这草地上散步，/我的花园到处是星星的碎片。"

索德格朗一生不幸，她三十一岁时就在芬兰东部的一个偏僻村庄默默死去。她经历过战争、饥饿以及人世的种种冰冷。她的四本薄薄的诗集并不受欢迎，反而遭到批评家和读者们的嘲笑与冷遇。她的朋友和拥护者屈指可数。她死于肺结核和营养不良，死时身边并无人陪伴。

而索德格朗就像她诗中这颗陨落的星星，摔成碎片反而证明了她存在的价值：许多和她同时代的诗人渐渐消隐，她却从历史的迷雾中放射出异彩。她的诗歌如今家喻户晓，被传诵，被谱曲，被收入各种选本，被译成多种文字，芬兰还专门成立了索德格朗研究会。她作为北欧现代主义诗歌的开拓者，被永久地载入文学史册。她的名字今天常常和美国著名女诗人狄金森、俄国著名女诗人阿赫玛托娃等人相提并论，她们活着的时候都不曾领略过这个尘世上的些微幸福。

可是，星光从来不会被埋没，哪怕粉身碎骨也能在时间中闪耀。她们本身就是光源，从来不需要借光。这个残缺的世界之所以破绽百出，可能就是为了让她们的光线涌入。

当一切入睡

［法国］维克多·雨果/著　飞白/译

扫一扫，
聆听给孩子的诗
朗读者：孙全

当一切入睡，我常兴奋地独醒，
仰望繁星密布熠熠燃烧的穹顶，
　我静坐着倾听夜声的和谐；
时辰的鼓翼没打断我的凝思，
我激动地注视这永恒的节日——
　光辉灿烂的天空把夜赠给世界。

我总相信，在沉睡的世界中，
只有我的心为这千万颗太阳激动，
　命运注定，只有我能对它们理解；
我，这个空幻、幽暗、无言的影像，
在夜之盛典中充当神秘之王，
　天空专为我一人而张灯结彩！

维克多·雨果
19世纪法国浪漫主义文学的代表作家，诗
人，被人们称为"法兰西的莎士比亚"。主要
作品：《巴黎圣母院》《悲惨世界》等。

📖 无用而美好的事物

文 | 张海龙

在夜之盛典中充当神秘之王,
天空专为我一人而张灯结彩!

这就是诗人雨果的金句,把全诗一下子推上高潮。那种超凡脱俗的效果,更近于泰坦尼克号船头上的杰克和露丝,两人张开双臂喊出:"我是世界之王!"

雨果的诗,把自己投身于虚无,让自己消融于更大的存在,所以才要在夜的盛典中充当宇宙之神,所以才感觉璀璨夜空"专为我一人而张灯结彩"!与其说这是吞吐宇宙的气魄,不如说那是礼赞万物的谦卑。午夜是诗人的草料场,当万籁俱寂,一切都沉入梦乡,唯有诗人兴奋独醒,开始反刍这人世间的素材。当白天的喧嚣散尽,宇宙就会呈现最光辉灿烂的星空。当你仰望星空,就能感受灵魂飞升;当你脚踏大地,就能发现这颗离我们最近的星辰。

诗人的狂妄就是诗人的脆弱,你不能去嘲笑他们,因为诗人是替俗人而活,在这尘世上不停冒险,去寻找那些无用而美好的事物,诗人海子也有过类似的表达——

夜色中,我有三次受难:流浪、爱情、生存。
夜色中,我有三次幸福:诗歌、太阳、王位。

星星们高挂空中

[德国] 海因里希·海涅/著　杨武能/译

扫一扫，
聆听给孩子的诗
朗读者：杨和平

星星们高挂空中，
千万年一动不动，
彼此在遥遥相望，
满怀着爱的伤痛。

它们说着一种语言，
美丽悦耳，含义无穷，
世界上的语言学家
谁也没法将它听懂。

可我学过这种语言，
并且牢记在了心中，
供我学习用的语法，
就是我爱人的面容。

海因里希·海涅
德国抒情诗人和散文家，被称为"德国古典
文学的最后一位代表"。

📖 星光在头顶闪耀

文｜张海龙

《星星们高挂空中》并非通常意义上的童诗，却能让我们永葆纯真的星光，就在我们头顶闪耀。

这首诗被大多数人所知，是因为它被北岛选编进《给孩子的诗》一书。北岛选中它的原因，或许是因为这首诗读来简单却又意境深远，像头顶的星空一般清晰可见却又不能一眼望尽。

"星星们高挂空中，/千万年一动不动，/彼此在遥遥相望，/满怀着爱的伤痛。"

仅仅这四句，似乎就能让我们听闻星星们的啼哭。宇宙所谓的伤痛，莫过于相望却不能相聚，千万年时间都凝聚成一团星光。岁月催人老，时间的痕迹全在爱人脸上显现，那是人世间的悲伤。让孩子们从小就能理解哀伤，会对生命成长有益。

德国诗人海涅曾以歌曲《乘着歌声的翅膀》而为我们熟知，他的语言浪漫空灵，富有哲学意味。他擅长用平常词汇和普通语句构造出生动优美的诗篇。在德国文学中，既是作家又是思想家的不乏其人，但像海涅那样将二者完美地统一起来，而又没有让诗歌负担哲学之沉重的诗人也不多见。

2014年，北岛带着他主编的新书《给孩子的诗》来到杭州。在大运河畔拱宸桥头的舒羽咖啡馆，孩子们朗诵了海涅的这首《星星们高挂空中》，还有洛尔迦的《哑孩子》、谷川俊太郎的《河流》以及海子的《面朝大海，春暖花开》。诗歌的音韵回荡在大运河的水波里，而看不见的星光早已经埋进孩子们的心里。

对星星的诺言

假如生活欺骗了你

[俄罗斯] 亚历山大·谢尔盖耶维奇·普希金/著　查良铮/译

扫一扫，
聆听给孩子的诗
朗读者：卡娜

假如生活欺骗了你，
不要忧郁，也不要愤慨！
不顺心时暂且克制自己，
相信吧，快乐之日就会到来。

我们的心儿憧憬着未来，
现今总是令人悲哀：
一切都是暂时的，转瞬即逝，
而那逝去的将变为可爱。

亚历山大·谢尔盖耶维奇·普希金
俄罗斯文学家，现代俄国文学的奠基人。

📖 别怕

文 | 张海龙

　　假如生活欺骗了你，怎么办？

　　答案只有一个，那就是：别怕！

　　没有别的选择，我们只能死挺生扛，咬着牙熬过所有看似不可逾越的难关。生活就是命运，命运就是要面对。哪怕你不是真的猛士，也一样得直面一切可能的惨淡与血色。不说生活到底有没有或者该不该欺骗你，你反正无处可逃，怕又怎样？

　　1825年，诗人普希金被流放到南俄敖德萨，同当地总督发生冲突后，又被押送到其父亲的领地米哈伊洛夫斯科耶村幽禁，过着极为孤独寂寞的生活。幸亏，夜晚他有终生挚爱的奶妈相伴，讲故事为他消愁解闷；白天集市上又有纯朴的农人为友，可以和他们聊天听他们唱歌。孤寂之中，邻近庄园奥西波娃一家也给诗人带来了一片温馨和慰藉。这首诗就是为奥西波娃十五岁的女儿姬姬·渥尔夫所写，题写在她的纪念册上。

　　我想，或许普希金看着少女写下此诗是心生悲悯。他希望那个女孩儿一生平安，却也知道成长终究是一段多梦又多劫的旅程。不管你有多么美好的愿望，还是要面对生活的乖戾多变。面对无能为力之事，他只是写下了自己的"经验之歌"。他知道，欺骗并不可怕，最可怕的是心如死灰。

　　相信我，这一切都不像想象的那么糟。

　　山穷水尽之时，就是柳暗花明之机。

捉月亮的网

[美国] 谢尔·希尔弗斯坦/著　李剑波/译

扫一扫,
聆听给孩子的诗
朗读者：杨和平

我做了一个捉月亮的网,
今晚就要外出捕猎。
我要飞跑着把它抛向夜空,
一定要套住那轮巨大的明月。

第二天,假如天上不见了月亮,
你完全可以这样想:
我已捕到了我的猎物,
把它装进了捉月亮的网。

万一月亮还在天上发光,
不妨瞧瞧下面,你会看清,
我正在天空自在地打着秋千,
网里的猎物却是个星星。

谢尔·希尔弗斯坦
美国诗人、儿童文学作家、杂志记者。主要
作品：绘本《爱心树》,诗集《人行道的尽
头》《阁楼上的灯光》等。

📖 一切皆有可能

文 | 张海龙

生活始终向前，灵魂依旧如初。

像个孩子那样去触摸这个世界吧，只有这样才能把月亮捉在自己手里，只有这样才能让不可能成为可能。谁说水中不能捞月？谁说镜中不能看花？只要有一颗天真的心，你当然可以在月亮的尖尖上打秋千，你当然可以在星星的光芒上去做梦。

每个孩子都是天生的诗人，因为孩子的心里面有座包罗万象的纯真博物馆；每个孩子都是天生的航海家，因为孩子的未来在充满希望的远方；每个孩子都是天生的艺术家，因为他们都来自灵魂最早出发的地方。

所以，孩子们有必要知道：我们读诗写诗，非为它的灵动。我们读诗写诗，因为我们是人类一员，而人类充满了热情。医药、法律、商业、工程、金融、科技，这些都是高贵的理想，并且是维生的必需条件。但是，诗、美、浪漫、爱，这些才是我们生存的根本原因。（出自电影《死亡诗社》）

我们读诗少年派，π，就意味着无限可能。

对星星的诺言

记忆看见我

［瑞典］托马斯·特朗斯特罗姆/著　北岛/译

扫一扫，
聆听给孩子的诗
朗读者：雅楠

醒得太早，一个六月的早晨
但回到睡梦中又为时已晚。

我必须到记忆点缀的绿色中去
记忆用它们的眼睛尾随着我。

它们是看不见的，完全融化于
背景中，好一群变色的蜥蜴。

它们如此之近，我听到它们的呼吸
透过群鸟那震耳欲聋的啼鸣。

托马斯·特朗斯特罗姆
瑞典诗人，2011年获诺贝尔文学奖。1954年
出版第一部诗集《诗十七首》，震动瑞典文
坛。迄今已创作十二部诗集。

📖 Less Is More（少就是多）

文｜张海龙

　　和宜家的简洁风格同源，瑞典诗人特朗斯特罗姆素以写得少而出名。

　　他的第一本诗集只收录了十七首诗。而在长达六十年时间里，他只写了两百多首诗，绝大部分还是短诗，十行八行的作品很常见。最长的一首诗《波罗的海》，也不过两百行多一点，都算不得一首真正的长诗。

　　他那种冷峻的诗歌气质正与瑞典这块土地有关：高纬地势、冰河地形、反差强烈的日照和黑夜、直截明厉的生活方式。那里有百分之十五的土地在北极圈以内，一切风景都笼罩在一种特殊的自然光线下，让每个行走的人时刻如同生活在剪影之下。在光影与时间的双重雕刻下，这里诞生了"影院诗人"英格玛·伯格曼，也造就了"谜样面容"的葛丽泰·嘉宝，更成就了特朗斯特罗姆那刀砍斧斫一般的诗歌"干柴"。

　　特朗斯特罗姆的诗是几何学式的，有着几何学的精确、几何学的简练、几何学的冷峻，还有几何学的建构力。他的诗中没有雄辩，也没有抒情，却用奇崛意象揭开世界最隐秘的地方。他的诗就是"失"，一路把主题、情绪、价值、感伤全都主动抛弃丢失。他的诗就像雕刻，把石头里多余的部分纷纷除去，让一个新鲜而骄傲的世界显露原形。

　　少就是多，在他这里就是诗的法则。

阴影掠过

[马其顿] 尼古拉·马兹洛夫/著　明迪/译

扫一扫，
聆听给孩子的诗
朗读者：李冠男

有一天我们会相遇，
像一只小纸船
遇到河里冷冻的西瓜。
世界的焦虑
同我们相随。我们的手心
将月蚀太阳，我们举起灯笼
走近对方。

有一天，风不再
改变方向。
桦树将吹走树叶，
吹进我们放在门槛的鞋子里。
狼会跑来
追逐我们的天真。
蝴蝶将把尘土
扑在我们脸上。

一位妇人将每天早上
在候车室讲述我们的故事。
甚至我现在说的
也已被重复：我们等待风
如同边界上的两面旗帜。

有一天，每一片阴影
将与我们擦肩而过。

尼古拉·马兹洛夫
诗人、散文家、译者，Lyrikline 诗歌网站主
持，常年四海为家。

📖 再复杂的诗，也要简单读

文 | 任轩

　　这位马其顿诗人，按国内通常的称呼，是一位"70后"诗人。这首诗有一种"轻声说重话"的质地和艺术效果。在仿佛叙述家常的语调中，讲述"我们"的相遇。此番"相遇"，既是一种想象，也是一种信念——"我们会相遇""一位妇人将每天早上/在候车室讲述我们的故事。/甚至我现在说的/也已被重复"。同时，倒数第二的这一节，轻轻地，如同两位老朋友再寻常不过的一次干杯，就完成了一个漂亮的转弯。此番"相遇"由此而获得了普世意义，再不是两个人或一群人之间的专属记忆。为何能够具有这样的意义？诗人的自信从何而来？这正是尼古拉·马兹洛夫这首诗的特色。他在日常的、纯净的叙述中，不动声色地把"世界的焦虑"、自然现象（月蚀太阳）、生存的困境（狼会跑来/追逐我们的天真）、人性的荒谬（蝴蝶将把尘土/扑在我们脸上）等十分自然地一一融入诗中，成为其中的"干货"。

　　虽然如此，我还是只希望大家简单地读这首诗。只需要在读的时候，想到你和好朋友一起去过的地方，或即将去的地方，并能够意识到再美好的目的地，都存在可能令你感到遗憾乃至愤怒之事的发生；再完美的计划，都有可能令你感到捉襟见肘。然后，依然能够勇敢地前进。

对星星的诺言

讲故事的时间

[丹麦] 毕尔特·安巴克/著　北岛/译

扫一扫,
聆听给孩子的诗
朗读者:韩松落

讲故事的时间
尚未到来
消散的必定要被聚拢
灵敏的耳朵要找到
草儿变绿
蛋儿生下
小鸟孵出
玫瑰开放　　　　　猫头鹰尖叫
苹果成熟　　　　　早晨到来
树叶飘落　　　　　医生被请到
风暴平息　　　　　枕头弄平
冰霜降临　　　　　手指交叉
星星闪烁　　　　　眼睛合上
月光暗淡　　　　　草儿变绿

毕尔特·安巴克
丹麦诗人,自然与爱是其诗歌的主旨。主要
作品:《躲藏处》《野苹果树》《黎明》和《我
处处看见你》。

时间的意义

文｜韩松落

读着这首诗，想起两个影像作品。

一个是《十分钟年华老去》，集合了十五个电影大师，拍了十五部短片，每部十分钟，展示人们对"时间"的理解。时间是轮回，时间是瞬间，时间是虚无。

另一个是 Enigma 在 1993 年推出的歌曲 *Return to Innocence* 的 MV，在 MV 的开头，一个老人在梨树上摘下了成熟的果实，凝视片刻，随即倒在树下死去。就在他死去的瞬间，时间开始倒流，掉在树下的果子又跃上枝头，象征时间的白马开始倒退，潮水退回，烟雾重新回到吸烟者的嘴里，骑自行车的人在海边倒着行走，老人变回中年，变回在谷仓里和爱人嬉戏的青年，变回儿童（这孩子也在开篇的那棵梨树下摘果子），变回初生的婴儿。

时间是什么？时间可能什么也不是，时间根本不存在，或者说，即便存在，也因为它在茫茫宇宙间的所有存在里，极为渺小极为短暂，因此如同不存在。

时间只是我们为自己找到的一种信念，一种刻度。我们非要有这样的信念不可：时间会过去，痛苦会消逝，幸福会被记住，我们会在时间里找到自己的位置，留下自己的痕迹。

在这首诗里，有时间的线索，有生命的痕迹。从生到死的整个过程，从荣到衰的全部流程，都被浓缩在了这首诗里：草绿了，蛋生出来了，小鸟出壳，玫瑰开了，苹果成熟了，然后树叶落了，风暴平息，冬天来了，星月暗淡，早晨来临的时候，生命逝去了，但那个死去的人躺过的床，很快就被整理好了，枕头被抚平，而手指交叉，分明是遗体的摆放姿势。但即便这样，季节依然在循环往复，草很快又绿了。

时间没有意义，是我们自找的信念，生命没有意义，是我们自创的痕迹，但此时此刻，这信念还在熠熠生辉。

对星星的诺言

孩子

[黎巴嫩] 纪·哈·纪伯伦/著　冰心/译

扫一扫，
聆听给孩子的诗
朗读者：丁曦

你们的孩子，都不是你们的孩子。
乃是"生命"为自己所渴望的儿女。
他们是凭借你们而来，却不是从你们而来，
他们虽和你们同在，却不属于你们。

你们可以给他们以爱，却不可给他们以思想。
因为他们有自己的思想。
你们可以荫庇他们的身体，却不能荫庇他们的灵魂。
因为他们的灵魂，是住在"明日"的宅中，那是你们在梦中也不能想见的。
你们可以努力去模仿他们，却不能使他们来像你们。
因为生命是不倒行的，也不与"昨日"一同停留。
你们是弓，你们的孩子是从弦上发出的生命的箭矢。
那射者在无穷之中看定了目标，也用神力将你们引满，使他的箭矢迅速而遥
远地射了出去。
让你们在射者手中的"弯曲"成为喜乐吧；
因为他爱那飞出的箭，也爱了那静止的弓。

纪·哈·纪伯伦
20世纪阿拉伯新文学道路的开拓者之一，被
称为"艺术天才""黎巴嫩文坛骄子"。主要
作品：《泪与笑》《先知》《沙与沫》等。

哦，乖！

文 | 张海龙

关于孩子，窦唯曾经唱过一首歌：《哦，乖！》

歌里唱道："哦，乖！听话，乖！没有一个能感到温暖的家，从来都是担心和从来都是害怕，还要我去顺从你们，还要乖乖听话。都说那是儿女对父母的报答，你们说不管出现什么情况，都要学会接受，不要说什么废话，站在一旁默默说爸爸不要怕，胆战心惊默默说妈妈不要怕。哦，乖！你们应该知道，这样下去对我们谁都不好……"

可是，在黎巴嫩诗人纪伯伦那里，这层关系换了一种表述：你的儿女其实并不属于你，那是生命出于自身渴望而诞生的孩子。这种说法恐怕很多为人父母者不太容易接受，在他们看来，孩子是自己身上掉下来的肉，更近乎一种可以任意处理的私有财产。于是，这便成了一种古老的敌意：威权意志与生命自由本能的天然冲突无可避免。

为人父母者总不免考虑这样的问题：我们是弓，孩子是箭。弓的全部努力就是让箭射出更远，那是各自的天职与使命。所以我们知道，开弓没有回头箭，而把弓拉成满月的方法无比重要。

乖，当然不是我们对孩子的首要要求。

如果

[英国] 拉迪亚德·吉卜林/著　放心/译

扫一扫，
聆听给孩子的诗
朗读者：丁曦

如果在众人六神无主之时，
你镇定自若而不是人云亦云；
如果被众人猜忌怀疑之日，
你能自信如常而不去枉加辩论；
如果你有梦想，又能不迷失自我，
如果你有神思，又不致走火入魔；
如果你在成功之中能不忘形于色，
而在灾难之后也勇于咀嚼苦果；
如果听到自己说出的奥妙，被无赖
歪曲成面目全非的魔术而不生怨艾；
如果看到自己追求的美好，受天灾
破灭为一摊零碎的瓦砾，也不说放弃；
如果你辛苦劳作，已是功成名就，
还是冒险一搏，哪怕功名成乌有；
即使遭受失败，也仍要从头开始，
如果你跟村夫交谈而不离谦恭之态，
和王侯散步而不露谄媚之颜；

如果他人的爱憎左右不了你的正气，
如果你与任何人为伍都能卓然独立；
如果昏惑的骚扰动摇不了你的意志，
你能等自己平心静气，再作答对——
那么，你的修养就会如天地般博大，
而你，就是个真正的男子汉了，
我的儿子！

拉迪亚德·吉卜林

英国小说家、诗人，出生于印度孟买。1907
年获诺贝尔文学奖，成为英国第一位获该奖
的作家。

人生没有如果

文 | 张海龙

人生没有如果，每一次都要直面选择。

知晓了这一点，我们就能把《如果》这首诗当成意念中的预演。诗是吉卜林写给他十二岁儿子的，曾被译成二十七国语言作为学习教材。那是铁面老爸教育儿子要懂得人生的残酷以及拯救自己的软弱。通篇都是如果怎样如果怎样的絮叨，却可以见出一位父亲不厌其烦的细腻。读这样的句子，仿佛看到电影《教父》中的画面，老教父教育儿子说："我花了一辈子就学会了小心。女人和小孩可以不小心，可是男人不行。"为什么男人不可以不小心？因为男人既要行走江湖又要养家糊口，当然不能轻易让自己倒下去。所以就要在每个计划付诸行动之前反复排演，测试每一个"如果"会带来怎样的后果。

都说父爱如山，其实是说父亲要给子女某种"定海神针"般的力量，让他们在这个纷乱繁杂的世界上能够站定脚跟，让他们在这批判斗争的世界上学会坚强。房地产大佬SOHO中国潘石屹的父亲不会写诗，但老人家送给儿子两句话："没事别惹事，有事别怕事。"从此潘石屹凭这两句话行走江湖，方能始终立于不败之地。说来说去，这两句话也是在强调人生的种种"如果"，告诉儿子处理问题的态度和方法。

星与眉月

[美国] 肯尼斯·罗斯洛斯/著　叶维廉/译

空气里泛着迟夏
入夜后树叶透熟的气味
和露冷的尘。夕阳最后的
修长的光线已经从天空里
消失，在微灰的光里
最后的鸟群在叶子里鸣叫
从远方穿过树林而来，是谁
在槌打什么，新月
苍白而薄得像
一片微冰，在安详的
住处，一响钟声唤人
入晚禅
黄昏渐深
静寂里有说的声音

肯尼斯·罗斯洛斯
美国诗人，画家。旧金山诗学中心创立者之
一，以翻译中日古典诗及现代诗闻名。

沉默很可能被听见

文 | 张海龙

　　蝉噪林愈静，鸟鸣山更幽。

　　大的场域越是寂静，那种沉默就越有可能被听见。渊停岳峙，林静山幽，寒星眉月，杳无人迹，其实都意味着更大的声响，而唯有有心人才能听见。

　　东方诗意之美，全在于这种"于无声处听惊雷"的禅意想象。什么都不说，什么又都有。庞德之后，肯尼斯·罗斯洛斯很可能是第一个全心全意拥抱东方文化的美国诗人。他翻译过日本和中国古典诗歌，为自己取中文名字为王红公，曾被誉为"垮掉派教父"。他的诗在后期更多融入了东方文化和中国古典诗歌的启示，摒弃逻辑雄辩而趋于意象直呈，充满了澄静彻悟的东方智慧。

　　由是，这首《星与眉月》读起来就离我们很近。它不像美国诗，而更像中国诗。没有西方式的灵魂激荡，却充满了东方式的适可而止。新月如同薄冰，钟声引入晚禅。黄昏渐深，而静寂里有说话的声音。谁在说话？你听见了就是你在说话，谁听见了就是谁在说话。那是来自内心的声音，那是内心的星空气象。

　　独坐幽篁里，弹琴复长啸。深林人不知，明月来相照。

　　你看到头顶的月光了吗？

语言学

[德国] 希尔德·多明/著　媛的春秋/译

扫一扫，
聆听给孩子的诗
朗读者：汪露婷

你得和果树谈谈。

创造一门新的语言，
樱花的语言，
苹果花的语言，
粉红的，白色的话语，
风将它们悄悄地带走。

去向果树倾诉
若你遭遇不公。

学会沉默
在那粉红的和洁白的语言中。

希尔德·多明
德国抒情诗人、作家。

📖 树仍然在开花

文 | 张海龙

"树仍然在开花/甚至为了死刑。"

这样凌厉的诗行也出自希尔德·多明之手。看过她的诗，再去了解她的生活，你就会明白什么叫承受命运。她的一生中最重要的时间都在流亡，她丈夫全家都被纳粹杀害，她母亲亦在她流亡英国时去世，但她的诗中却不写仇恨。她说，流亡的犹太不是民族也不是宗教，而是整个人类的命运。

这位犹太裔女诗人1909年出生于德国科隆，从小家境就很好，一直读完大学和研究生。1932年，希特勒上台前一年，她与男友流亡到意大利，在那里完成了关于文艺复兴的博士论文。1939年，墨索里尼掌权后，两人又逃亡到英国。因为害怕纳粹迫害，两人又向美洲许多国家申请避难，最后只有多米尼加共和国无条件地接受了这对"难民"。1940年起，他们在圣多明戈生活了十四年。二战结束后，一直到1954年，他们才回到德国。

1951年，母亲去世后，四十二岁的女诗人才开始写诗。回到德国，她继续写作，写了五十多年，九十六岁还到英国朗诵。1957年，她出版了第一本诗集，为了感激收留过她的圣多明戈，而用希尔德·多明作为笔名。2006年，她在德国海德堡家中去世。她的最后一部诗集名为《树仍然在开花》，其中有这样的诗句："不要感到疲倦/伸出手/抓住奇迹/安静地，如同一只鸟。"

只有了解了这些生存的背景，我们才能知道她的悲悯："去向果树倾诉/若你遭遇不公。/学会沉默/在那粉红的和洁白的语言中。"

对星星的诺言

火车

[土耳其] 贾希特·塔朗吉/著　余光中/译

去什么地方呢
这么晚了
美丽的火车
孤独的火车

凄苦是你汽笛的声音
令人记起了许多事情

为什么我不该挥舞手巾
乘客多少都跟我有亲

去吧　但愿你一路平安
桥都坚固　隧道都光明

贾希特·塔朗吉
土耳其诗人、小说家、翻译家。

愿你一路平安

文 | 冯国伟

火车，作为工业时代的交通工具，承载着人类的集体记忆。

在诗人眼里，火车已不单是一个体量巨大的机器，出发，远行，相逢，告别，邂逅……它不舍昼夜地奔跑，它向远方奔去，它向家庭回归，它带着希望，也含着陌生。它是喧哗也是孤独，它是家庭也是社会……正是这种冰火两重天的特质和内涵丰富的联想，引发了诗人无尽的遐思。

在以火车为题材的诗歌中，这首土耳其诗人塔朗吉的《火车》受到的关注度最高。有人甚至将它谱成了曲，让它以歌谣的旋律传唱。

对的，说这是一首诗，可能更近于一首歌。深情万端，低回婉转，回味悠长。

诗以一句轻声的问候开始："去什么地方呢/这么晚了"，似乎是身边的亲人要远行，而且是夜晚离开，忍不住有此一问。第二句"美丽的火车/孤独的火车"用两个形容词对应了自己的心情，有苦有甜，非常复杂。而"凄苦是你汽笛的声音/令人记起了许多事情"则强化了诗人的忧伤，往事不可回首。此时，火车作为意象所具有的时空感和多义性使诗歌具有了很大的想象空间。

如果第一段是个人的喃喃自语，充满了不舍，是一种倾诉，那么第三段诗人则笔锋一转，完全换了个模样。他说"为什么我不该挥舞手巾/乘客多少都跟我有亲"视角变了，由个人的情绪转化为一种人性的观照。每一个乘坐火车的人都应该受到祝福呀！诗人采用了先抑后扬的手法，之前的忧伤，使第三段的欢快和祝福充满了跳跃和反差。这种先苦后甜的滋味一如旅程，在每一个前方都带着希望和祝福。

"去吧 但愿你一路平安/桥都坚固 隧道都光明"，读到此处，似乎每一个旅客，也似乎每一个行进在人生旅途的游子都可以安然入睡了。

这是一个守护者的光辉。

据说众神将锤击云层

[英国] 狄兰·托马斯/著　海岸/译

据说众神将锤击云层，
当云彩遭受雷电的诅咒，
当天气怒吼，众神在抽泣？
彩虹将是它们锦袍的色彩？

当天上下雨时，众神在哪里？
据说他们将从花园的水罐里
喷洒出水雾，或让洪水奔流？

据说，维纳斯一样的
垂暮女神捏着扎着自己的瘪乳，
湿淋淋的夜晚像位护士训斥我？

据说众神都是石头。
一块陨石将擂响大地，
乐音砂石般飞扬？让石头说话
鼓动口舌演讲众多的语言。

狄兰·托马斯

英国作家、诗人，人称"疯狂的狄兰"。主要
作品：《死亡与出场》《当我天生的五官都能
看见》等。

📖 诸神之怒

文 | 陈智博

如果是在炎炎夏日读到这样一首诗，感觉恰似那被用力"锤击"的云层已开，顿时会清醒不少。狄兰·托马斯是英国著名作家、诗人，也被称为"疯狂的狄兰"，代表作品有《死亡与出场》《当我天生的五官都能看见》等。除了发表诗作，狄兰·托马斯还积极地参加朗读活动，四处巡回演讲。同时，在他亲自参与下，BBC电台也成为当时颇受关注的文学现场，他也完成了包括《一个威尔士孩童的圣诞节》等节目的录制。

之前，诗人杨炼来到杭州做诗歌分享会。席间，他提到"写作跟自己生命的能量有直接关系，诗永远是人生尽可能深的经验和写作时尽可能强的能量和质量的结合"。这一看法恰好也说出了狄兰·托马斯的诗歌特点。狄兰诗风粗犷热烈，诗作音律严谨又充满力量，从怒斥光阴消逝的《不要温顺地走进那个良宵》，到直截了当否定死亡的《而死亡也不能一统天下》，他的作品中都流露出其生命力量的猛烈释放。狄兰的"生、死、欲"影响了众多读者，也包括这首诗的翻译者海岸。海岸曾两度面临死亡，在生命遭遇重大挫折的时候，从狄兰·托马斯生死主题的诗篇中汲取了战胜疾病和死亡的无穷力量。

所以，无论是头昏脑涨的炎夏，还是折磨意志的凛冬，但凡"群魔乱舞"奏响那命运悚然的篇章之时，就是我们生命的"诸神"发怒之日！

白桦

［俄罗斯］谢尔盖·亚历山德罗维奇·叶赛宁/著

刘湛秋　茹香雪/译

扫一扫，
聆听给孩子的诗
朗读者：韩琦

在我的窗前，
有一棵白桦，
仿佛涂上银霜，
披了一身雪花。

毛茸茸的枝头，
雪绣的花边潇洒，
串串花穗齐绽，
洁白的流苏如画。

在朦胧的寂静中，
玉立着这棵白桦，
在灿灿的金晖里
闪着晶亮的雪花。

白桦四周徜徉着
姗姗来迟的朝霞，
它向白雪皑皑的树枝
又抹一层银色的光华。

谢尔盖·亚历山德罗维奇·叶赛宁
俄罗斯田园派诗人。1914 年发表抒情诗《白桦》，1915 年出版第一部诗集《亡灵节》。

📖 像渴望，又似洞穿

文 | 陈曼冬（杭州市作家协会秘书长）

　　叶赛宁被称为"一个最纯粹的俄罗斯诗人"。与白银时代其他诗人不同，十月革命之后他没有流亡国外。除了与邓肯一起出游的那两年，叶赛宁一直固守在俄罗斯土地上。和他生活在同时代并有交往的帕斯捷尔纳克曾这样说："叶赛宁风景诗的地位，在他的作品中为现代大都市的迷宫所取代了。一个当代人孤独的灵魂在这个迷宫里迷失了方向，破坏了道德，他描绘的正是这种灵魂的激动的、非人的悲惨状态。"

　　这首诗以白桦为中心意象，从不同角度描写它的美。一身的雪花、雪绣的花边、洁白的流苏……既有色彩的变化，又富动态的美感。细细读来，诗歌里有着孩子般的真诚、纯净和美感。

　　在北京读书的日子里，印象最深刻的是京郊机场辅路的那一片白桦林。北方那干燥的秋日阳光照射下，白桦树干净挺拔，素衣白面，那么孤傲与清高。最爱看白桦树上的眼睛，每一双眼睛，每一个眼神，都是对这个世界的审视。

　　那是白桦树自己的语言，像渴望，又似洞穿。

人的一生

[以色列] 耶胡达·阿米亥/著　凌丽君　杨志/译

扫一扫，
聆听给孩子的诗
朗读者：俞尤棠

人的一生没有足够的时间
去完成每一件事情。
没有足够的空间
去容纳每一个欲望。
《传道书》的说法是错误的。

人不得不在恨的同时也在爱，
用同一双眼睛欢笑并且哭泣
用同一双手抛掷石块
并且堆聚石块，
在战争中制造爱并且在爱中制造战争。

憎恨并且宽恕，追忆并且遗忘
规整并且搅混，吞食并且消化——
那历史用漫长年代
造就的一切。

人的一生没有足够的时间。
当他失去了他就去寻找

当他找到了他就遗忘
当他遗忘了他就去爱
当他爱了他就开始遗忘。

他的灵魂是博学的
并且非常专业，
但他的身体始终是业余的，
不断在尝试和摸索。
他不曾学会，总是陷入迷惑，
沉醉与迷失在悲喜里。

人将在秋日死去，犹如一颗无花果，
萎缩，甘甜，充满自身。
树叶在地面干枯，
光秃秃的枝干直指某个地方
只有在那里，万物才各有其时。

耶胡达·阿米亥
以色列诗人，"帕马奇一代"代表人物。主要
作品：诗集《现在及他日》《此刻在风暴中》
《开·闭·开》等。

万物各有其时

文 | 张海龙

我们为什么要去写诗去读诗？

用耶胡达·阿米亥的话来说，就是因为"万物各有其时"，所以我们才要"恰逢其时"。

用更通俗的话来说，就是我们终将死去，所以我们才要回看一生。或者，就是我最喜欢的那个"漂流者"意象——鲁滨孙。他在荒岛上度日如年，所以才每天用刀子刻木记事，记下自己的无聊与孤独，记下自己的守望与无助，也记下自己的创造与痛苦。荒岛之上，他所能做的唯一事情就是等待，等待一艘不可能的船来搭救，等待光阴在刻木记事中突然显现奇迹。如果是鲁滨孙来读这首诗，他是面朝大海还是画地为牢？

人的一生，其实从无规律，也绝不均衡，而是同一双眼睛微笑和哭泣，同一双手抛掷石块而后归拢它们，我们必须同时接受命运的好与坏、乐与怒以及喜与悲。

人的一生，就是枯萎与丰盈全都到来，就是结局与开始一并打开。你想怎样？你又能怎样？空空的枝干到底指向哪里？

枝干当然指向天空，那就是诗行的开始。

对星星的诺言

在黄昏的夕阳下

[奥地利] 弗兰兹·卡夫卡/著　叶廷芳　黎奇/译

扫一扫，
聆听给孩子的诗
朗读者：李晓红

在黄昏的夕阳下
我们弯着背坐着
在绿荫覆盖的那些凳子上，
我们的胳膊下垂着，
我们的眼睛闪亮而悲伤。

衣着招摇的人们在徜徉，
闲步在石子路上摇摇晃晃，
头上顶着广阔的天空，
它从远处的山峦
向着更远的山峦扩展。

弗兰兹·卡夫卡

奥地利作家。与法国作家马塞尔·普鲁斯
特、爱尔兰作家詹姆斯·乔伊斯并称为"西
方现代主义文学的先驱和大师"。主要作品：
小说《审判》《城堡》《变形记》等。

📖 一日长过百年

文｜张海龙

卡夫卡说："一本好书就像一把利斧，足以劈开我们心中冰封的大海。"

借他的话，我说："一首好诗也像一把利斧，可是斧柄不见了，只有斧头砍在冰里。"

斧柄不见的地方，就是诗意开始的地方。正如诗中所写，我们曲背坐在长凳上，胳膊无力下垂，眼睛忧伤转动。而斧柄空缺，只是描写了一种无奈甚或徒劳：头上顶着广阔的天空，/它从远处的山峦/向着更远的山峦扩展。

卡夫卡不太写诗，不过他的小说和诗都一样，是在描述我们生活中某种"奇怪"的状态。比如，同在黄昏夕阳下，他压根就没赞美夕阳有多美，也根本不提黄昏这回事。他的诗里像是什么都没说，又像是说到了一切。你只是觉得，这如果是把斧头，你根本就提不起来。在斧柄那地方，如同天空一样空空荡荡。

是的，卡夫卡用"空"把自己藏了起来。他一辈子孤独，并且享用这种孤独。在一篇随笔里，他甚至写到自己想要生活在"地洞"里。在他看来，人与人相处是"危险"的，而爱情更加让人无所适从。所以，他几次订了婚约又解除了婚约，这个矛盾重重的家伙，却在文字里描述了我们所有人的困境。

一日长过百年，拥抱无始无终。我们都在暗自担心，我们还能否继续拥抱？

我孤独地漫游，像一朵云

[英国] 威廉·华兹华斯/著　飞白/译

我孤独地漫游，像一朵云
在山丘和谷地上飘荡，
忽然间我看见一群
金色的水仙花迎春开放，
在树荫下，在湖水边，
迎着微风起舞翩翩。

连绵不绝，如繁星灿烂，
在银河里闪闪发光，
它们沿着湖湾的边缘
延伸成无穷无尽的一行：
我一眼看见了一万朵，
在欢舞之中起伏颠簸。

粼粼波光也在跳着舞，
水仙的欢欣却胜过水波；

与这样快活的伴侣为伍，
诗人怎能不满心欢乐！
我久久凝望，却想象不到
这奇景赋予我多少财宝，——

每当我躺在床上不眠，
或心神空茫，或默默沉思，
它们常在心灵中闪现，
那是孤独之中的福祉；
于是我的心便涨满幸福，
和水仙一同翩翩起舞。

威廉·华兹华斯

英国浪漫主义诗人，桂冠诗人，文艺复兴运动以来最重要的英语诗人之一。其诗句"朴素生活，高尚思考"被作为牛津大学基布尔学院的格言。

飞花摘叶皆可伤人

文 | 张海龙

在英格兰温德米尔湖区，我曾听过一位英国教师读过这首诗。当他开口读出那句"I wandered lonely as a cloud"之时，正有一大朵云飘过头顶，顿时就能想象得到诗人华兹华斯当年在湖畔作诗到底灵感何来。

是的，写诗并非难事，就是把眼前所见写下来就是了，就是把头上这朵云当作诗篇开头就是了。然后，写下你与众不同的发现，写下你稍纵即逝的灵光。灵魂在水上行走，体会"委身于幸福的偶然性"，诗就这么自然天成了。华兹华斯是英国著名的"湖畔诗人"代表，诗人们一日日看着英国湖区的美景，在自然中寻找寄托，寻找理想，寻找安慰，释放情怀，当真不亦快哉！

正是在这种"寄情于山水"的整体基调上，曾有人将此诗与中国王维的《辛夷坞》作对比："木末芙蓉花，山中发红萼。涧户寂无人，纷纷开且落。"一水仙，一芙蓉，同样都是比拟人间孤寂。你瞧，如武侠小说中所说，武林高手飞花摘叶皆可伤人，而大诗人们写下一朵花亦能直击人心。

树

[英国] 菲利普·拉金/著　舒丹丹/译

扫一扫，
聆听给孩子的诗
朗读者：歆雅

树正长出新叶
好像某事呼之欲出；
初绽的嫩芽悄然舒展，
点点新绿恰似某种幽怨。

是否它们再获新生
我们却颓然老去？不，它们也会死亡，
它们簇然一新年年如是的把戏
正被刻写在树的年轮。

永不静歇的树丛依旧摇曳
在成熟稠密的年年五月。
去年已死，它们似在诉说，
开始重生，重生，重生。

菲利普·拉金

英国诗人，著有诗集《北方船》《少受欺骗
者》《降灵节婚礼》和《高窗》。拉金被公认
为是继 T.S.艾略特之后 20 世纪最有影响力的
英国诗人。

一棵树为何不再是一棵树

文 | 张海龙

"尽管你有可能被人看成傻子，但作家要有面对简单事物——比如落日或一只旧鞋子，惊讶得目瞪口呆的能力或资质。"

关于写作，美国作家雷蒙德·卡佛曾有过上述简明扼要的论断。的确如此，写作就是一种发现和感动的能力，就是从沙砾中炼金，就是从庸常中叫魂，就是从废墟中发现美。

所以，一棵树不再是一棵树，而是四季轮回的表征，是"去年已死"却又"开始重生"的信号，是"好像某事呼之欲出"的消息。这样的一棵树，分明已经具有了某种宗教仪式感，让人面对簇新的生命以及永恒的天意开始忏悔。新生与死亡，颓然老去或者簇然一新，不过是年年如是的把戏。可谓"日光之下无新事"。

于是，在无新事发生的世界，就由诗人来扮造物的灯盏。

他们说："要有光。"于是，"便有了光"。

一棵树就被照出了灵魂的光影。

雨滴

[乌拉圭] 于勒·苏佩维埃尔/著　葛雷/译

扫一扫，
聆听给孩子的诗
朗读者：朱丹

我寻找刚落入
大海的雨滴，
在它迅疾的坠落中
比其他雨滴
更光辉夺目，
因为只有它
能够懂得，
永远消融在
海水里的甜蜜。

于勒·苏佩维埃尔

旅居法国的乌拉圭诗人和作家。1949年获法
国评论奖，1955年获法兰西学院文学大奖，
1960年被法国诗人选为"诗人王子"。

📖 这首诗只有一句话

文 | 伤水

　　这首诗实际上只有一句话，它的诗意产生之奥妙在哪里？雨滴是个最为普通的现象，而司空见惯的事物最不容易写出新意。但诗人有他独特的感受——

　　先注意最后一个词"甜蜜"。这"甜蜜"的感受，使这短诗闪光起来。这当然是诗人的感受，但请注意，诗人说"只有它能够懂得"消融海水里的甜蜜。"它"自然是落入大海的雨滴。雨滴懂得，雨滴有人的意识。诗人赋予了这雨滴以特权，使雨滴确实"光辉夺目"。由此，我们似乎明白了诗人首行写的"我寻找刚落入大海的雨滴"的原因。诗人懂得雨滴所懂，这形成了既曲折又直接的意味。

　　这短诗先说了"果"，再说出"因"。"果"有异常，"寻找刚落入大海的雨滴"，为什么是那些雨滴？诗人给予了隐喻性的解答，"更""只有""永远"等字词凸显了诗人心中的雨滴，口吻坚定，语气不容置疑。无论"雨滴"和它投入的"大海"象征了什么，诗中传递的决绝和专注态度，特殊感受的力量，足以感染我们。

对星星的诺言

夏日农场

[英国] 诺曼·麦凯格/著　王恩衷/译

扫一扫，
聆听给孩子的诗
朗读者：吴学兰

稻秸像驯服的闪电乱躺在草丛里
歪歪斜斜挂在灌木树篱上。绿得像玻璃
马槽里水在发光。
九只鸭子排成笔直的两行摇摆着游过。

一只母鸡睁开一只眼不知在看什么，
然后下意识地啄了一下。从空寂的天上
落下一只燕子，闪过
谷仓，又纵身飞进高悬蔚蓝的天空。

什么也不想，我躺在凉爽、柔软的草丛中，
担心哪里会突然冒出一个思想，抓住我——
就像这只长着盘形面孔的蚱蜢
舒展开大腿，发现自己在空中。

我之下的我，一摞我穿成一串
悬在时间上面，用一只形而上的手
揭开农场像揭开一只盖，看见
农场里面的农场，中央坐着我。

诺曼·麦凯格

苏格兰诗人，生于爱丁堡，曾任斯特灵大学
诗学教授。主要作品：诗集《遥远的距离》
《内在的眼睛》《飘行中的灯》《年轮》《境遇
像我的人》《一棵树上的指环》等。

📖 他的诗停泊在英镑背面

文 | 海岸

苏格兰皇家银行2017年发行的10英镑新币背面有两只嬉戏的水獭——苏格兰河流、沼泽地常见的动物物种，配之以诗人诺曼·麦凯格的诗篇《停泊处》中的诗句，可见这位苏格兰诗人家喻户晓、深入人心。

此处选入的《夏日农场》则以他独特的诗人感受描画苏格兰农场的"草丛""稻秸""灌木树篱"，一旁有"九只鸭子"在游弋，"一只母鸡"时而啄食，"一只燕子"从天空中落下又飞入。前两节写得好优美，后两节更以新颖的写作格局描写"我"与农场的关系："我之下的我，一摞我穿成一串/悬在时间上面，用一只形而上的手/揭开农场像揭开一只盖，看见/农场里面的农场，中央坐着我。"诗句纯净简洁，更具超现实主义的玄学隐喻。

诺曼·麦凯格，出生于爱丁堡，早年在爱丁堡大学攻读古典文学，1934—1970年在爱丁堡一所学校任校长，后出任苏格兰斯特灵大学诗学教授，著有《遥远的距离》《内在的眼睛》《飘行中的灯》《一个普通的恩惠》《年轮》《一颗树上的指环》《环境》《骑光》等十余部诗集。他擅长描写山林沼泽，挖掘日常生活中的无限诗意，无论西部还是东部、高地还是平原，均能以真情和诗意拥抱。

诗人诺曼·麦凯格在20世纪直接或间接、自觉或不自觉地接受了"苏格兰文艺复兴"倡导者休·麦克迪尔米德的影响，与新一代诗人形成一个表现苏格兰文化的"苏格兰诗派"，影响深远。

豹——在巴黎植物园

[奥地利] 勒内·马利亚·里尔克/著　冯至/译

扫一扫，
聆听给孩子的诗
朗读者：初苗

它的目光被那走不完的铁栏
缠得这般疲惫，什么也不能收留。
它好像只有千条的铁栏杆，
千条的铁栏杆后便没有宇宙。

强韧的脚步迈着柔软的步容，
步容在这极小的圈中旋转，
仿佛力之舞围绕着一个中心，
在中心一个伟大的意志昏眩。

只有时眼帘无声地撩起——
于是有一幅图像浸入，
通过四肢紧张的静寂——
在心中化为乌有。

勒内·马利亚·里尔克
奥地利诗人，被评论者赞誉"第一次让德语
诗歌臻于完美"。主要作品：《生活与诗歌》
《新诗集》等。

📖 我以豹的身份

文 | 娥娥李

多次读到这首诗，我并没有因为次数递增的原因，而缓释了初次见诸的感受：某些不可思议的寂寥缠绕在我的脑海，我感到皮肉阵阵紧张，呼吸愈发急促。似乎我以豹的身份进入了一个长长的时光隧道，走不完的前路；不消出生，无须死亡；时间静止不动，生命没有脉象；只有"疲惫"和"千条的铁栏杆"，"千条的铁栏杆后便没有宇宙"。

交替出现在同一物体上的一组对比的形象跃然眼前——"强韧的脚步"与"柔软的步容"，一个实体与一个附体，一种外象与一种具在。几无泛滥情绪的语词，屏息专注，在逐渐缩小的空间"仿佛力之舞围绕着一个中心，/在中心一个伟大的意志昏眩"。事件没有回旋，将如此循环下去。

继而我不免发问，这是怎样的昏眩？那伟大的意志又是什么？

在坚固的事态面前，内心的意志难道除却屈从没有别的路径吗？或许，这就是里尔克擅长表述的弥散在空气中的无法放弃又必须释然的精神枷锁——心在呼喊自由、自由、自由，随之而来的却是空洞的低语——被禁锢之后无声的寂寥、无声的寂寥后世界不曾回想……

接着是两组类似于递进的对照："眼帘无声地撩起"，"四肢紧张的静寂"，"于是有一幅图像浸入"，"在心中化为乌有"。我不会定义漠然是人们关于反抗的至高形式，但肯定它足够抽象。"只有时眼帘无声地撩起"来回以深深塌陷于时光之流的一个个过去、现在和未来的疑问。整首诗不断累积和集中力量，又引而不发产生热感，疑问里满是"紧张的静寂"。我眼神缓慢地撩起，世界冲击而来，极速出现一番景象。铁栏外平庸、杀戮，许是一无是处，莫不如让悸动的念想"在心中化为乌有"。

也许暗自神伤，兴许展吾骥足。尤其是作为诗人的我，朝向诗的奥林匹斯叹为观止，但我不会呼喊出来，而将用文字和记忆深深地保留所有独特、微妙而持续的感悟和印象，直至被新的诗情覆盖或替代，仿佛我再一次成为豹，即便囚禁在巴黎植物园。

我要唱的歌

[印度] 拉宾德拉纳特·泰戈尔/著　冰心/译

扫一扫，
聆听给孩子的诗
朗读者：张海龙

我要唱的歌，直到今天还没有唱出。
每天我总在乐器上调理弦索。
时间还没有到来，歌词也未曾填好；
只有愿望的痛苦在我心中。
花蕊还未开放；只有风从旁叹息走过。
我没有看见过他的脸，也没有听见过他的声音；
我只听见他轻蹑的足音，从我房前路上走过。
悠长的一天消磨在为他在地上铺设座位；
但是灯火还未点上，我不能请他进来。
我生活在和他相会的希望中，但这相会的日子还没有来到。

拉宾德拉纳特·泰戈尔
印度诗人、文学家、社会活动家。主要作
品：《吉檀迦利》《飞鸟集》《园丁集》《新月
集》《文明的危机》等。

📖 书写即远行

文 | 张海龙

泰戈尔生活在印度，他的文字总有神性存在。读罢这首诗，我最深的感受便是：要么读诗，要么行走，身体和灵魂，总得有一个在路上。

过去这两年，我一直不遗余力在做着关于"诗和远方"的实践：策划并主编"我们读诗"微信公众号，每日一篇诗评；随央视摄制组远赴南极拍摄纪录片《疯狂摄影师》，去体验世界尽头的冷酷仙境；荣膺"2015杭州大使环球行"媒体达人，用三十天时间环游世界，穿越三个大洲七个国家八座城市两个岛屿；为新疆创作纪录片《新疆是个好地方》和《塔里木河》；为央视创作纪录片《功夫少林》以及《自然的力量》……

的确如此：生活不只有眼前的苟且，还应该有诗和远方。而且，诗和远方其实触手可及。远方也并非除了遥远之外一无所有。千真万确，我用自己的经历可以证明：诗意从未远去，远方能够抵达。诗的存在价值，就是让不可能成为可能。

有人曾向创作力惊人的美国惊悚小说家斯蒂芬·金请教写作的秘密，他只回答一句"WORD BY WORD"。没错，我们需要做的，只是一字一字去写，一步一步去走。

语词即世界，书写即远行。行动胜过言辞，想到就能做到。

短章集锦·节选

[叙利亚] 阿多尼斯/著　薛庆国/译

扫一扫，
聆听给孩子的诗
朗读者：初苗

每一个瞬间，
灰烬都在证明它是未来的宫殿。

夜晚拥抱起忧愁，
然后解开它的发辫。

他埋头于遗忘的海洋，
却到达了记忆的彼岸。

往昔是湖泊，
其中只有一位泳者。

日子，
是时光写给人们的信，
但是不落言筌。

孤独是一座花园，
但其中只有一棵树。

我虽对水仙怀有好感，
但我的爱属于另一种花，
我叫不出它的名字。

玫瑰的影子，
是一朵凋谢的玫瑰。

诗歌是天堂，
但它永远在
语言的疆域流浪。

遗忘有一把竖琴，
记忆用它弹奏
无声的忧伤。

阿多尼斯

叙利亚诗人。曾获布鲁塞尔文学奖、土耳其
希克梅特文学奖、马其顿金冠诗歌奖、法国
让·马里奥外国文学奖。

时光不落言筌

文｜娥娥李

坦白讲，我并不知晓别人是如何节选诗篇的。阿多尼斯这组名为《短章集锦》的诗有两百多行，由于篇幅的关系，只能选择其中的一小部分。今天，我并没有选择以往比较喜爱的"群体书写历史，/个人阅读历史"这样政治意味重的句子，而是更为偏向于个体化、情感化。事实上，在我所阅读和理解的阿多尼斯的诗里，情谊的喟叹和爱情的咏叹调并不多，大部分类似于"诗人啊，你的祖国，/就是你必定被逐而离去的地方"。

人的一生，虽然性格各异、经历非同，时间的风和光对于每个人而言，却都是相同的——不是我们终将走向某个终点，而是必将抵达的终点在一步步走向我们。我们消亡，而后步入未知。假若相信有轮回，且认定时间永无止境，那么我们必然进驻或再次进驻"未来的宫殿"。

"孤独是一座花园，/但其中只有一棵树。"我不确定是否完全体会了诗人的深意。偶尔我亦自问：什么是孤独？我想，就像我在一首诗里写的，孤独就是"你对着月亮述说，而月亮沉默/你感到幸福，终归/有了一个知己"。

"遗忘有一把竖琴，/记忆用它弹奏/无声的忧伤"，这一句和上面那一句似乎是阿多尼斯众多名句中更广为传颂的。我知道它却是从喜爱诗歌的妹妹那里。几年来，她的微信签名档依旧用这一句。每次看到这里，都会有个疑问在我的心头萦绕：诗人他为何会如此忧伤，而我，为何居然也是这么想的？

光阴近似流水仿佛不事雕琢，然而经由它的打磨，所有的事物终将轻飘、空无，最后接近于水、天空和月亮，变成青色、白色和朦胧色。恰如阿多尼斯所言："日子，/是时光写给人们的信，/但是不落言筌。"

星星和蒲公英

[日本] 金子美铃/著　赵远/译

扫一扫，
聆听给孩子的诗
朗读者：歆雅

在蓝天的深处
白天的星星
就像躺在海底的小石子
沉静地等待夜晚的来临
我们的眼睛是看不见的

虽然眼睛看不见，但它存在着
有些事物看不见，却一直存在着

枯萎飘散的蒲公英
静静地躲在屋顶瓦片的缝隙里
它坚强的根，等待着春天来临
我们的眼睛是看不见的

虽然眼睛看不见，但它存在着
有些事物看不见，却一直存在着

金子美铃

日本童谣诗人。她在诗中用儿童最自然的状
态来体验和感觉这个世界。

📚 没有人看见草生长

文 | 张海龙

　　这首诗是女儿张语嫣发现的。在此之前，我甚至从未听过金子美铃这个名字。这也正如"星星和蒲公英"的意象，有些事物显而易见，有些事物却深藏不露。白天的星星和夜晚不同，蒲公英的芽根与种子不同。没有人看见草生长，可是绿色已经铺满大地。在"看不见"与"存在"之间，在现实与想象之间，正蕴藏着世界的丰富诗意。我喜欢听女儿读这首诗，在她稚嫩的声音里，在她繁复的梦境中，也自有那些"一直存在着"的秘密。

　　语笑嫣然，心有灵犀。这是我给女儿起这个名字最根本的动机，希望她一直都能在快乐中成长，又与世界保持着灵敏的感知。是的，我也总在她身上发现这个世界的奇妙之处。比如，第一次真正感到她长大了，是她突然迷恋上苏芮的歌曲《你属于你》。那歌中唱道："你常指着天上星星/问我美丽的问题/你来自何方/往哪儿去/我常凝望你的眼睛/在你眼中我端倪/我和你为何会相遇……"

　　看着忽然安静下来凝神倾听的她，我知道，那种力量与草生长一样不动声色，与花开放一样自然而然。

对星星的诺言

冬天的诗

[美国] 罗伯特·勃莱/著　董继平/译

冬天的蚂蚁颤抖的翅膀，
等待瘦瘦的冬天结束。
我用缓慢的、呆笨的方式爱你，
几乎不说话，仅有只言片语。

是什么导致我们各自隐藏生活？
一个伤口，风，一个言词，一个起源。
我们有时用一种无助的方式等待，
笨拙地，并非全部也未愈合。

当我们藏起伤口，我们从一个人
退缩到一个带壳的生命。
现在我们触摸到蚂蚁坚硬的胸膛，
那背甲，那沉默的舌头。

这一定是蚂蚁的方式
冬天的蚂蚁的方式，那些
被伤害的并且想生活的人的方式：
呼吸，感知他人，以及等待。

罗伯特·勃莱
美国当代新超现实主义代表诗人。他主编的
刊物曾在美国诗歌界有相当大的影响。

简单地读诗

文 | 任轩

　　这是一首在中国诗人圈中堪称"家喻户晓"的罗伯特·勃莱的作品，也是他的"深度意象"代表作之一。这首诗有着鲜明的"勃莱双线"特征：自然和内心世界。

　　从狭义的角度而言，蚂蚁是自然的，"我"的相关意象是内心世界的；内心又是自然的镜子，蚂蚁还是内心世界的喻像。从广义的角度来说，诸如"冬天的蚂蚁颤抖的翅膀"和我"缓慢的、呆笨的方式"，"从一个人/退缩到一个带壳的生命"和"呼吸，感知他人，以及等待"都是内心世界里"爱你"的表现。

　　而类似"一个伤口，风，一个言词，一个起源"，则又是自然世界的总结。简单而言，自然可称为"外现实"，内心世界可称为"内现实"。无论内外现实，在这首诗歌中，都得到平等对待。两个同等的元素共同生活在一起，彼此感召，共同成长，合而为一。罗伯特·勃莱以其擅长的双线叙述，不断掘进，从第一节清晰的双线对位的意象搭建，演变到第二节的双线交织，第三节的双线共鸣，第四节的双线归一——整个过程，呈现出别开生面、灵性十足的诗歌世界，引领着读者领略了超验想象的魅力，使人们看到了这样一首诗的诞生：从意识走向无意识的具有心理学和诗学双重重要意义的语言建筑物。

　　然而，读诗，我还是提倡简单地读。就这首《冬天的诗》而言，我想，只要能够从中读到蚂蚁在冬天的坚强和坚守，读出这样一个真理：事缓则圆，并从中领悟到等待和对他人的感知是生活的必修课，乃至是想快乐活着的基础和生活要义之一，便已足够。

动物

[阿根廷] 胡安·赫尔曼/著　范晔/译

扫一扫，
聆听给孩子的诗
朗读者：何燕敏

我与一只隐秘的动物住在一起。
我白天做的事，它晚上吃掉。
我晚上做的事，它白天吃掉。
只给我留下记忆。连我最微小的错误和恐惧
也吃得津津有味。
我不让它睡觉。
我是它的隐秘动物。

胡安·赫尔曼

阿根廷诗人。曾于 2008 年获得西班牙语世界
最高文学奖——塞万提斯奖；2009 年在中国
第二届青海湖国际诗歌节上获首届"金藏羚
羊国际诗歌奖"。

📖 接受并不完满的自己

文｜李郁葱

　　诗在很大的程度上是诗人对自我的再次发现。阿根廷诗人胡安·赫尔曼的这首《动物》所描述的，正是对这一发现的发现。这首诗很短，仅仅只有七行，却几乎讲述了一个完整的故事，像是一个外延广阔的童话。

　　在这七行诗里，诗人完成了一种与自我的对立和和解，甚至完成了一种角色对换，到整首诗的最后一行，实际上是一个隐形者自我的觉醒："我是它的隐秘动物。"这样一首短诗，却写得一波三折，让读者读得惊心动魄，这主要是一种矛盾的迸发：我，和隐秘的动物之间，既互相依存，又互相谴责，但我们细读之后会发现，这是一个真实和圆满的人。我也好，隐秘的动物也好，都是我们自己的一部分。在我们的身上，有着这些对立的又互相包容的特点，这是我们的人性，也是我们不可回避之处。用这样一首仅仅七行的诗解决这种矛盾，让人没有感到勉强，这无疑得益于诗人高妙的技巧和诗歌语言的魅力。而人生的经历，无论是幸福抑或痛苦，最终，它们统一为一个个体的活生生的人。

　　这首诗最好的地方是，它告诉我们，我们既要让自己更好，也要接受并不完满的自己。

雨

[阿根廷] 豪尔赫·路易斯·博尔赫斯/著　陈东飚/译

突然间黄昏变得明亮
因为此刻正有细雨在落下
或曾经落下。下雨
无疑是在过去发生的一件事

谁听见雨落下　谁就回想起
那个时候　幸福的命运向他呈现了
一朵叫玫瑰的花
和它奇妙的　鲜红的色彩。

这蒙住了窗玻璃的细雨
必将在被遗弃的郊外
在某个不复存在的庭院里洗亮

架上的黑葡萄。潮湿的暮色
带给我一个声音　我渴望的声音
我的父亲回来了　他没有死去。

豪尔赫·路易斯·博尔赫斯
阿根廷作家、诗人、翻译家，被誉为作家中的
考古学家。主要作品：《老虎的金黄》《小径分
岔的花园》等。

时间的分岔虚构了一座迷宫

文 | 娥娥李

博尔赫斯的诗不易明了。若想读懂，必定要先了解他对时间的认知和虚构的喜好，以及在此基础之上产生的各种可能性。对于以上三者的理解，其《小径分岔的花园》有这样的表述：时间具有一个个节点，在每一个节点上皆可发出另外的行为，且会织一张互相接近、相交或长期不相干的网。简而言之：时间的分岔虚构了一座迷宫。

博尔赫斯的诗正是张弛在这种由不同时间不同选择而造就的各种可能性中，继而集结、构成、衍化、生发出独具其个人特色的介于现实的可能和真实的虚构之间的诗意范畴。

在如此曲意的解析中，让我们直接用《雨》中诗句来阐释吧！

诗人情绪"突然"而起，"黄昏"因为"细雨"而"明亮"。无论"玫瑰花"隐喻的是爱情、亲情抑或绚烂的过往，总之，那些具有微妙的感性色彩的事物并非长久。纵使它们存在于此刻，那所谓"幸福的命运"亦只不过是"过去发生的一件事"。

诗人思念早逝的父亲，在并不明朗的湿漉漉的昏沉暮色中，他与同样失明只能依靠听觉来感知事物的父亲，借助雨这个媒介联通了彼此："我的父亲回来了……"

整首诗宛若一座迷宫，由各种不确定性揉捏而成，在并无正解亦无须正解的情境下显得内蕴丰厚而多元。一贯倡导诗歌须有空白点。让博尔赫斯继续为博尔赫斯虚构时间分岔的庭院，让我们为自己的人生织一张诗的网。

风正在说话

[芬兰] 拉西·纳米/著　北岛/译

"风正在说话。"如果风真的说话
我们能忍受它那
如此空洞、强硬，如此捉摸不定的词吗？
其中
它们有
盐，恐惧，
疯狂；一个拖长的、无言的黑色
巨浪舔净那房屋、树林、废物的
岸。它冲洗
你的眼睛。如果我有过某种
感情，或思想。如果
我曾是什么。曾有一个我。
过去了。
这里一无所有。只有一股气流。
微风前后移动，很快减弱。

拉西·纳米
芬兰诗人，文学、音乐和视觉艺术评论家。
1949年出版第一本诗集。主要作品：《重影》。

风就是时间

文 | 李郁蕙

拉西·纳米是芬兰诗人，一般来说，北欧的诗有这两个特点：简洁、硬朗，拉西·纳米当然也不例外。《风正在说话》看起来是在写风，但整首诗的主体依然是人。"我们能忍受它那/如此空洞、强硬，如此捉摸不定的词吗？"这其实就是诗人自己的感受。在这首诗接下去的几行里，诗人把这种感觉发挥得更加彻底："它们有/盐，恐惧，/疯狂；一个拖长的、无言的黑色/巨浪舔净那房屋、树林、废物的/岸。它冲洗/你的眼睛。"

是的，在诗人丰富的阅历和人生经验之后，我们所看见的也许是一无所有，过去的经历已经过去，光荣或者悲哀，记忆或者遗忘，对于一个饱经沧桑的诗人而言，他面临着重新出发的可能，新我从旧我中脱壳而出，而时间是未知的，会害怕吗？也许不会，风是时间，风是过去，风也是现在，而正是风的移动，才能让我们感觉到真实生命的故事。但生命是一段旅程，风同样也是，它也会有高潮和低潮。这是一首困境之诗，诗人客观地审视着自己，也客观地审视自己生命的去向。

种种可能

［波兰］维斯拉瓦·辛波斯卡/著　陈黎　张芬龄/译

扫一扫，
聆听给孩子的诗
朗读者：朱春莲

我偏爱电影。
我偏爱猫。
我偏爱华尔塔河沿岸的橡树。
我偏爱狄更斯胜过陀思妥耶夫斯基。
我偏爱我对人群的喜欢
胜过我对人类的爱。
我偏爱在手边摆放针线，以备不时之需。
我偏爱绿色。
我偏爱不抱持把一切
都归咎于理性的想法。
我偏爱例外。
我偏爱及早离去。
我偏爱和医生聊些别的话题。
我偏爱线条细致的老式插画。
我偏爱写诗的荒谬
胜过不写诗的荒谬。
我偏爱，就爱情而言，可以天天庆祝的
不特定纪念日。
我偏爱不向我做任何
承诺的道德家。

我偏爱狡猾的仁慈胜过过度可信的那种。
我偏爱穿便服的地球。
我偏爱被征服的国家胜过征服者。
我偏爱有些保留。
我偏爱混乱的地狱胜过秩序井然的地狱。
我偏爱格林童话胜过报纸头版。
我偏爱不开花的叶子胜过不长叶子的花。
我偏爱尾巴没被截短的狗。
我偏爱淡色的眼睛，因为我是黑眼珠。
我偏爱书桌的抽屉。
我偏爱许多此处未提及的事物
胜过许多我也没有说到的事物。
我偏爱自由无拘的零
胜过排列在阿拉伯数字后面的零。
我偏爱昆虫的时间胜过星星的时间。
我偏爱敲击木头。
我偏爱不去问还要多久或什么时候。
我偏爱牢记此一可能——
存在的理由不假外求。

维斯拉瓦·辛波斯卡
波兰女诗人，享有"诗界莫扎特"的美誉。
1996年获诺贝尔文学奖。

荒谬是常态，写诗是例外

文 | 娥娥李

辛波斯卡的许多诗看似烦琐细碎，却无一处多余，常以渗透的方式，通过语词的叠加而体量丰厚，产生质感，逸出笃情实状之外的想象空间。

什么是"种种可能"呢？我们经常确定无疑地定义一些事象。实际上"万物皆有缝隙"，人各有偏好。这些偏好是我们整个人生经验的具体化，但绝不是全部。

譬如此诗，每一个偏爱各自成章又与他处构成补充，加强意味，宛若一座结构密实亦留有许多玻璃和通天窗户的建筑，内里谈及文学艺术、动植物、爱（情）、哲学、死亡、诗歌、道德、自然、生态、战争、自由等等方面，似乎已然表明了所有的趣味，实则不然。诗人几乎没有使用形容词或其他方式规制偏好，语词背后潜藏着巨大的问号：

华尔塔河及沿岸的橡树与她的人生有过怎样的交集？难道她曾与恋人嬉戏于岸边并憧憬未来？她是偏爱狄更斯的文字风格还是因其所在的国家较为自由民主？诗中深意远蕴，每句概莫如此。

在列举了诸多偏爱后，诗人话锋突转"偏爱例外"，接着表明"偏爱写诗的荒谬/胜过不写诗的荒谬"。的确，荒谬是常态，写诗是例外。从历史看，人终将消亡。我们行走在虚无的河沿上，随时可能跌入湍急深流。作为抒发性灵和文学艺术的终极指向（之一）的诗，是神灵对我们的恩赐，乃精神世界之光。

而万象皆由心所出。因此当我们面对繁缛沉疴的每一天，请拿起笔，畅意书写你人生的《种种可能》。

对星星的诺言

小孩子排队走

［西班牙］安东尼奥·马查多/著　范晔/译

小孩子排队走。
带走下午的太阳
在他们的小蜡烛头！

南瓜样金黄，
蓝色里，升起来
月光光，在广场！

狠狠皱眉毛。
海盗，黄发非洲佬，
红胡子翘翘。

弯刀在手上。
这些梦里的形象。

安东尼奥·马查多
20世纪西班牙诗人。其创作早期有现代主义
色彩，后来转向直觉型的"永恒诗歌"。

📖 一幅画

文｜草人儿

　　一朵小花、一棵小草，生长在大地上，在一丝风的引领下，你靠近它，如果它没有名字，你给它起一个名字，你的心里会涌出一股暖流；而你叫出它的名字，你的心里会涌出亲切。一只小猫、一只小狗，一旦你给它起好了一个名字，它便与你的生命紧紧地连接在一起了。一个国家或者一座城市，如果与你熟悉的一个人有关，这个国家或城市便拥有了一个人的体温。

　　安东尼奥·马查多，20世纪西班牙大诗人。

　　西班牙，我脑海中立即游弋出台湾著名散文家三毛的丈夫荷西，那个大胡子的西班牙男子，他在撒哈拉大沙漠给了三毛无边无际的浪漫爱情。

　　因为三毛的《撒哈拉大沙漠》，你会喜欢荷西；因为荷西，你会特别关注西班牙足球队的每一场球，留意球星杰拉德·皮克奔跑的身影。你会关注"一个永远前进的形象"——游侠骑士堂吉诃德，还有画家达利、毕加索。而"我愿留下诗行/就像将军留下宝剑"的马查多，你一定也会关注。

　　马查多，西班牙著名文学流派"九八年一代"的主将，关心西班牙的命运。他的诗作主题为：土地、风光和祖国。马查多曾在西班牙的中学教法语。一群孩子行走着，脑海里装满弯刀、红胡子、海盗，夕阳南瓜般金黄，在行走的小孩子的头顶跳跃着，马查多与这群孩子在一幅画里同框，便深深地定格在你的脑海里了。

书籍

[德国] 赫尔曼·黑塞/著　钱春绮/译

扫一扫，
聆听给孩子的诗
朗读者：方苏云

世界上的一切书本，
不会有幸福带给你，
可是它们秘密地叫你
返回到你自己那里。

那里有你需要的一切：
太阳、星星和月亮，
因为，在你内心里
藏着你所寻求的光。

你在书本里寻找了
很久的智慧，
现在从每一页里放光——
因为现在它们才属于你。

赫尔曼·黑塞

德国作家，1946年获诺贝尔文学奖。主要作
品：长篇小说《荒原狼》《玻璃球游戏》等。

温暖的一种方式

文 | 草人儿

一束光，太阳光、灯光或者烛光，直射进一个人的心脏，像是一幅画。黑塞的《书籍》让我想到的首先是这样一个画面。

有一个家装图册，把书错落有致地摆在一面墙上，或者打开一本书作扇形状摆在一张小桌上，书籍能够呈现的美，是一束鲜花能够呈现给这个世界的美。

小时候上学的路上，我总会看到一位白胡须的老先生，穿一件洁净、灰白的长衫，坐在一张藤椅上用放大镜看一本书。在下午的阳光里读一本书、品一杯茶，是多么美好的画面。由此，即使是在很多年后的下午，老先生的长衫、书籍、放大镜带给我的都是满满的温暖。

赫尔曼·黑塞，德国作家、诗人，七岁开始写诗，这位漂泊、孤独、隐逸的诗人喜欢绘画与音乐，二战之后，美国文坛霸主是海明威，60年代中期黑塞便渐渐取代了海明威，他的《荒原狼》曾在美国掀起了一股"狼潮"。

黑塞有这样的诗句："人生十分孤独/没有一个人能读懂另一个人/每一个人都很孤独。"

是的，每个人都会孤独，只有书籍能够带给你阳光、星星和月亮，只有书籍，能够让你靠近自己的心，并且温暖、热爱自己。

对星星的诺言

遥远的声音变得更远

[芬兰] 图马斯·安哈瓦/著　北岛/译

扫一扫，
聆听给孩子的诗
朗读者：阿通伯

遥远的声音变得更远，
近处的声音变得更近，
风在树与水之间安顿自己。
波浪没有靠近，没有离去，
森林变得更密，
夜从各地深入到这里。

图马斯·安哈瓦
芬兰诗人。主要作品：《三十六首诗》。

📖 言有尽而意无穷

文 | 泉子

相对于通常意义上的欧美诗歌，北欧诗歌与中国古典诗歌有着更为接近的审美取向与价值追求。譬如言有尽而意无穷，譬如写意性，譬如在对理性的疏离中获得的一个又一个启发。

《遥远的声音变得更远》只有短短的六行，就像一幅"逸笔草草，不求形似"的简笔山水画。"遥远的声音变得更远，/近处的声音变得更近"，落笔处的一远一近已然勾勒出一片空廓。这空廓就像是东方文化中"气"得以生长与穿越的地方，是围棋中所谓的活眼，是语言，也是这尘世万物那生生不息的力量之源泉。

所有的形象都是在第三行中出现的：风、树与水。

风吹拂着树枝，也吹拂着水面。那些因风而起的波浪，仿佛对应的不是一次次的生成与寂灭，而是同一组线条在水面持续的晃动，直到夜幕降临，直到森林变得更密，直到夜晚的黑从世界各地，从宇宙的每一个角落汇拢到这里，直到夜晚不仅仅从天空垂落，也同时从地底下生长了出来。

蜡烛

[希腊] 康斯坦丁·卡瓦菲斯/著　黄灿然/译

扫一扫，
聆听给孩子的诗
朗读者：张晓燕

来临的日子站在我们面前
像一排点着的蜡烛——
金黄、温暖和明亮的蜡烛。

逝去的日子留在我们背后，
像一排被掐灭的无光的蜡烛；
最靠近的仍在冒着烟，
冰冷、融化、弯下来。

我不想看它们：它们的形状使我悲伤，
回忆它们原来的光使我悲伤。
我朝前看着我那些点亮的蜡烛。

我不想转过去，因为害怕见到
那道暗线如何迅速拉长，
被掐灭的蜡烛如何迅速增多。

康斯坦丁·卡瓦菲斯
希腊现代诗人，被认为是20世纪最伟大的诗
人之一。

凝视时间与死亡

文 | 泉子

《蜡烛》是一首起于对时间与死亡凝视的诗。

所有的日子化身为蜡烛无尽的序列。那些燃烧的蜡烛，因它们依然属于我们而"金黄、温暖和明亮"。逝去的日子"留在我们背后，/像一排被掐灭的无光的蜡烛；/最靠近的仍在冒着烟，/冰冷、融化、弯下来"。诗人不愿意转过身来，是因为这逝去而永不再回来的一切让他悲伤，是因为他害怕见到"那道暗线如何迅速拉长，/被掐灭的蜡烛如何迅速增多"。或许，真正让诗人感到悲伤与害怕的，并非是那道暗线之长与被掐灭的蜡烛之多，而是因这尘世中我们的有限，并又通过逝去之多最终标示出了依然属于我们的时日之少。

但时间真的是线性的吗？时间真的是一支永不回头的箭矢吗？如果我们可以从一种古老的东方智慧中获得启发，时间的两个端点因在无穷无尽处的相交，而获得一个圆的循环往复与无穷无尽，那么在最深的幽暗与寂静中，那些已然熄灭的一切在穿越一个"无"的瞬间将重新获得这光与火的赠予。而这生生不息中，有着我们全部的过去与未来。

对星星的诺言

鉴定书

[美国] 丽塔·达夫/著　罗益民/译

回想当初地球是新的，
天堂只是悄声耳语，
回想那时万物的名字
都来不及贴上去。

回想当初最柔和的微风
把夏季融进秋季，
所有的杨树都一排排
甜蜜地颤抖。

世界叫喊着，我回应着，
每一瞥都点燃一个凝视。
我屏住呼吸，把那叫做生命，
在一勺又一勺柠檬果冰间昏厥。

我脚尖着地快速旋转，花枝招展，
我华而不实，光芒四散，
既然不知道它们叫什么名字，
我怎能数清我那些祝福？

想当年样样东西都源源而来，
好运漏得遍地都是。
我给世界一个诺言，
世界跟我来到这里。

丽塔·达夫
美国当代女诗人，随笔作家。1987年以诗集
《托马斯与比尤拉》获普利策诗歌奖，1993
年被评为美国第七届桂冠诗人。

回归

文 | 黑丰

  文学总是向后和向内的。向后就是向前，向内就是向外。没有"向后"就没有"向前"，没有"向内"就没有"向外"。我的意思是：人的生命总是回归的，总是回到原初，回到我们的童年。

  从诞生人的那一天起就诞生了"回归"，就像诞生"生"就诞生了"死"一样。这是命运，也是人的本能。所以，"杨树都一排排/甜蜜地颤抖"，所以，"每一瞥都点燃一个凝视"，所以才有在"一瞥"之中，我们的生命"在一勺又一勺柠檬果冰间昏厥"。因为世界在"叫喊"，在召唤（我们）。那就是我们的"人之初"，我们的发源地（一种广义的地方，但并非一定是故乡），那里的磁力、磁场和磁极最强烈。那是一种多么神秘、神奇的境地，那里有多少激动，多少激越，多少幸福，多少恩典，所以，才有了诗人丽塔·达夫的"我脚尖着地快速旋转，花枝招展"，所以"我华而不实，光芒四散"。

  请记住，一定要回到原初，回到那涉世之初的角度看世界看天地看万物。

爱之后的爱

[圣卢西亚] 德里克·沃尔科特/著　飞白/译

扫一扫，
聆听给孩子的诗
朗读者：李晓红

这一天终将来到
那时候你将欢欢喜喜
迎接你自己光临
你的家门、你的镜中，
与你互致欢迎的笑容

说：请坐。请吃吧。
你会重新爱这个曾是你自己的陌生人。
上酒。上面包。把你的心
交还给它自己，交还给这终生爱你的

陌生人，你为了另一个人而
忘了他，他却还记着你。
从书架上取下情书、

照片、绝望的短笺，
从镜里削掉你的形象。
请坐。享用你的一生。

德里克·沃尔科特
诗人、剧作家及画家。被诗人布罗茨基誉为
"今日英语文学中最好的诗人"。出版过戏剧
集和多种诗集。

破除镜像，关注实体与根源

文 | 娥娥李

　　我相信任何一首诗的解读都应该起于名字。"爱之后的爱"颇有歧义。第一个"爱"是名词还是动词必要分清。英文诗名 *Love after Love*，意义明了：爱过之后的爱。全篇大略就是表述无论曾经爱过谁，终归回于自身的爱。

　　以我之见，这个往复的过程并非必需。可谁不曾如此爱过？谁人能逃离得了？我们每日历经喧嚣，又多有先验意识，难免受习惯势力和偏见的影响。因而无论愿意与否，我们极易被心像牵引被外物遮蔽，分不清谁最重要、何为次要，荒谬地行走在更为荒谬的路上。

　　人们向往自在自然。两者皆以"自"为本，以当下随顺的舒适状态及符合大自然的生存规律为旨归。但是我们永远都在忽略自身，尤其是我们艰深地爱着的时候。我们爱得多么盲目啊！

　　值得庆幸的是生活会恩赐我们，总有那么一天我们会满心欢喜地在自己的家园迎接这个失而复得的"曾是你自己的陌生人"；我们开始会反省过去对身体的不顾乃至心灵的荒疏；会追索人生，重新关注内心的需求——让爱归于爱、心归于心；会整理和厘清那些往日充满情爱的信笺、悲喜与共的相片，以及一个个肝肠寸断的画面。

　　让我们破除镜像，关注实体与根源，于静谧处慢慢疏导人生。从此刻开始，请好好"享用你的一生"。

你不喜欢的每一天不是你的

[葡萄牙] 费尔南多·佩索阿/著　韦白/译

你不喜欢的每一天不是你的：
你仅仅度过了它。无论你过着什么样的
没有喜悦的生活，你都没有生活。
你无须去爱，或者去饮酒或者微笑。
阳光倒映在水坑里
就足够了，如果它令你愉悦。
幸福的人，把他们的欢乐
放在微小的事物里，永远也不会剥夺
属于每一天的、天然的财富。

费尔南多·佩索阿

葡萄牙诗人、作家。以诗集《使命》闻名于
世，被认为是继卡蒙斯之后最伟大的葡语
作家。

只有你喜欢的每一天才属于你

文 | 娥娥李

　　只有你喜欢的日子才属于你。否则仅是枉然度过，根本不能称之为真正意义上的生活。我们经常感喟：是我们在生活，还是光阴借由一扇恍惚的窗透析掉了所有的日常？这是个问题。

　　我们无须沉着于爱情，无须交际于人群，亦不必强颜欢笑于他人；而是需要真切感知流于指尖的时光，哪怕它承载的是最细碎的景况："阳光倒映在水坑里/就足够了，如果它令你愉悦。"

　　人们喜好不尽相同。能够带给我们快乐的定是击中了心灵的事物。因此心灵的感知度变得尤其重要。人若有感遇天地万物之美的心，获得喜悦的可能性自然就会变得更大。幸福的人之所以幸福正是因为他们把快乐建立在微渺之中。譬如，他们会用心铭记昨夜晶莹的露珠，从青翠的叶片上滑落时弹跳而起又迅疾而下的近乎永恒的一瞬；或沃尔科特的"白鹭"在晨曦的光线缓慢的变化中，转动着优雅的身躯呈现的维纳斯般静穆而战栗的美。

　　若我们心中狭小，漠视一切，阳光映照就会怨它刺目，月色朦胧只觉得暗黑，那么我们将在每一个相同的无望的日子里了却余生。我们没有生活，只是所谓的日子浑浑噩噩通过时光之河在摆渡你我，一程又一程，无聊且无尽。

　　不！不会这样。我相信我们中的许多人将尽量抛却固有思维，用不设防的眼光打开心灵之窗，像所有幸福的人一样"永远也不会剥夺/属于每一天的、天然的财富"。

对星星的诺言

未选择的路

[美国] 罗伯特·弗罗斯特/著　顾子欣/译

扫一扫，
聆听给孩子的诗
朗读者：李晓红、梁增田

黄色的树林里分出两条路，
可惜我不能同时去涉足，
我在那路口久久伫立，
我向着一条路极目望去，
直到它消失在丛林深处。

但我却选了另外一条路，
它荒草萋萋，十分幽寂，
显得更诱人，更美丽；
虽然在这两条小路上，
都很少留下旅人的足迹；

虽然那天清晨落叶满地，
两条路都未经脚印污染。
呵，留下一条路等改日再见！
但我知道路径绵延无尽头，
恐怕我难以再回返。

也许多少年后在某个地方，
我将轻声叹息将往事回顾：
一片树林里分出两条路——
而我选择了人迹更少的一条，
从此决定了我一生的道路。

罗伯特·弗罗斯特
美国诗人，曾经四次获得普利策奖。主要作品：《新罕布什尔》《诗歌选集》《又一片牧场》等。

📖 未择之路

文 | 赵佳琦

　　这是美国著名诗人罗伯特·弗罗斯特十分有名的一首诗。在这首诗里，诗人关于"路"写了许多，但其实他写的更多的是"选择"。

　　面对树林里的两条路，"我"不知选择哪一条，但最终还是要选，我选了"荒草萋萋，十分幽寂"的那一条。对于这一条，它貌似荒芜，但"我"能感受到它的"诱人"与"美丽"。可是走着走着，"我"又想起了没有选择的那条路，"我"想见它，但"我"明白：既然已经做出选择，启程许久，"难以再回返"。于是料想多年后回忆起来或许会有些许慨叹。而这慨叹中其实并不会有对"已选择"的懊悔，最多是对"未选择"的轻轻遗憾。在这里，诗人在预想的"往事回顾"中巧妙地将林中小路上升到了人生之路，最后说到，"我"的选择"从此决定了我一生的道路"。

　　人的一生其实就是在选择中度过的，两难的选择更是常有。我们要学会判断，学会取舍，选择了便坚定地走下去。而我们也能允许那一丝对"未选择的路"的遗憾，因为这往往是人这个情感性动物面对两难选择的必然。但我们更要知道，如果真踏上了那条"未选择的路"，人生有可能更璀璨，也有可能更黯淡。

答案在风中飘

[美国] 鲍勃·迪伦/著　张祈/译

扫一扫,
聆听给孩子的诗
朗读者：大侠

一个人要走多少路
别人才把他称为人？
一只白鸽要飞越多少海
才能在沙滩沉睡？
炮弹要发射多少次
才能被永远报废？
我的朋友，答案就在风中飘，
答案就在风中飘。

一座山要存在多少年
才能被大海淹没？
一些人要生活多少年
才能获得自由？
一个人要转多少次头
还假装什么都看不见？
我的朋友，答案就在风中飘，
答案就在风中飘。

一个人要仰望多少次
才能看见天空？
一个人要有多少耳朵
才能听到人们的哭声？
到底还要死多少人
直到他知道太多的人已死去？
我的朋友，答案就在风中飘，
答案就在风中飘。

鲍勃·迪伦
原名罗伯特·艾伦·齐默曼。美国摇滚、民
谣艺术家，美国艺术文学院荣誉成员。2016
年获诺贝尔文学奖。被认为是20世纪美国最
有影响力的民谣、摇滚歌手。

诗歌诗歌，诗皆能歌

文｜孙昌建

　　诗歌有好多种写法，其中有一种比较接近民谣和歌词，适合吟诵，这一点倒跟中国的古典诗词相近，诗歌诗歌，诗皆能歌，现在虽然做不到，但在鲍勃·迪伦那里却做到了，因为他的身份就是一个民谣歌手。

　　在鲍勃·迪伦的众多作品中，有两首最有名，一首叫《大雨将至》（也译作《山雨欲来》），另一首就是这一首《答案在风中飘》。

　　这一首诗体现了鲍勃·迪伦的风格，即他对社会的批判精神，而这种批判跟他对生命和爱情的吟诵又是相辅相成的，虽然他有时是用设问、反问和反讽的句式："炮弹要发射多少次/才能被永远报废？""一个人要有多少耳朵/才能听到人们的哭声？"看似随手拈来的句子，却充满了他那一代人的反战、渴望和平的心声，他只提出问题，但是答案已经在其中了，正如他所说的"答案在风中飘"。"答案"本来是个抽象的事物，但正因为他前面用了大量的形象，诸如"一个人要仰望多少次/才能看见天空？"这样的形象和感觉又取自现实生活。在语言风格上，他的诗句朗朗上口，排比反复又层层递进，有如排山倒海之势，所以特别适合吟唱。

　　2016年，鲍勃·迪伦获得了诺贝尔文学奖，这是此奖出现一百多年来，第一次被授予一位民谣歌手，因为他打通了民谣和诗歌的通道。

小河

［意大利］翁贝托·萨巴/著　陈英/译

扫一扫，
聆听给孩子的诗
朗读者：周景

在我童年的记忆里，你是一个传奇，
如今在两岸间，你是那么贫瘠。
看不到开花的河畔。
却有脏物淤积。

尽管如此，再见你时我仍百感交集，
哦，小河！
你的流水，如同我的思绪，
让我想起过去
所有我在你身上

欣赏到的美好和强大；我想起
那些大河，汇入汹涌的大海，
你的流水浸红了
浣女赤裸的双脚。
我仿佛看到，高山上你的源头，
水流经过最欢快、最危险之处，
小洲和瀑布。

在你的岸上，青草在生长，
总是在我的记忆里生长，
星期六的午后，总是走在你身边；
严厉的母亲
总是对身边的孩童说，
她说流水一去不复返，
再难回到这两岸间；那时美丽的女人
会陷入忧伤，孩子拉住她的手，
但却不懂为什么
要把流水和我们的生活
做比较。

翁贝托·萨巴
意大利诗人，做过商员、海员、一战的士
兵、二战的流亡者、古书店老板。17岁开始
诗歌创作，1911年出版第一部作品集《诗
集》。

写诗一定要用形象

文 | 孙昌建

　　不知有多少诗人写过河与小河，最后只有写得独特有味道的，才能被人记住。这一首《小河》，诗人是用回忆的口吻来写的，起句很平，表达一种今非昔比之感，然后就顺势展开，以小河的流淌带动思绪的流淌，但又不是泛泛而论地由小即大，由平静而汹涌，而是写出了自己个人的感受："星期六的午后，总是走在你身边；/严厉的母亲/总是对身边的孩童说，/她说流水一去不复返，/再难回到这两岸间……"这让我们想起孔夫子说过的"逝者如斯夫，不舍昼夜"，想起哲人赫拉克利特所说的"人不能两次踏入同一条河流"，因为时间在流淌，你今天踏入的河流已经不是昨天的那条河流了。

　　这首诗告诉我们一个浅显的道理，写诗一定要用形象，这个形象可以是小河，也可以是大海，可以是星星，也可以是太阳，但这个小河和大海是有关系的，跟我们的人生是有关系的，跟我们的过去和现在是有关系的，甚至包括将来，由此便产生了比喻和象征。这个比喻和象征有时很古老，但又要从古老中创新，也就是说当你写小河时，你一定要有对小河的发现，而且是自己的发现，你说小河流向大海，她说小河流着流着干涸了，我说小河在流向大海的过程中找不到家了，或者说是迷失了方向……这就是各展所能，各写出了小河的某一特点。

湖心岛茵尼斯弗利

[爱尔兰] 威廉·巴特勒·叶芝/著　飞白/译

我就要起身走了，到茵尼斯弗利岛，
造座小茅屋在那里，枝条编墙糊上泥；
我要养上一箱蜜蜂，种上九行豆角，
独住在蜂声嗡嗡的林间草地。

那儿安宁会降临我，安宁慢慢儿滴下来，
从晨的面纱滴落到蛐蛐歌唱的地方；
那儿半夜闪着微光，中午染着紫红光彩，
而黄昏织满了红雀的翅膀。

我就要起身走了，因为从早到晚从夜到朝
我听得湖水在不断地轻轻拍岸；
不论我站在马路上还是在灰色人行道，
总听得它在我心灵深处呼唤。

威廉·巴特勒·叶芝
爱尔兰诗人，"爱尔兰文艺复兴运动"的领
袖，艾比剧院的创建者之一。1923年获诺贝
尔文学奖。主要作品：《钟楼》《盘旋的楼
梯》《驶向拜占庭》。

他内心的湖水一直在叫

文 | 黑丰

如果说美国诗人丽塔·达夫的诗作《鉴定书》是对原初，对天堂的"回想"和回味，那么，叶芝就是对天堂的搭建。他要着急赶赴一个叫"茵尼斯弗利岛"的地方，而且是民间传说中的一个湖中小岛。他要在一块"林间草地"，按照意想中的结构，打造自己的永梦："那儿半夜闪着微光，中午染着紫红光彩，/而黄昏织满了红雀的翅膀"；在那里，"安宁会降临我，安宁慢慢儿滴下来，/从晨的面纱滴落到蛐蛐歌唱的地方"。

这样可以了，他才可以安眠。他宁可告别大都市优渥的生活，宁可受"苦"，去林子间，居住枝条编织的泥巴"小茅屋"，"养上一箱蜜蜂，种上九行豆角"，就这样生活，就这么简单。

为什么？为什么要告别，又为什么一定要去（那里）？根源何在？

因为他（内心）的"湖水"一直叫，"从早到晚从夜到朝"，一直在"心灵深处呼唤"，无论他"站在马路上还是在灰色人行道"上。还有，为什么叶芝的动荡高于常人的动荡，直到"拍岸"？因为他所在的不是他想要的，他的处所令他不能安居。所以，他要寻梦，寻找那个传说中"湖中的小岛"，过自己想要的生活。那么，他"想要的生活"又是什么？用德国诗人荷尔德林的话说，就是"诗意地栖居"。他不要复杂，他只要简单。只要"那儿半夜闪着微光，中午染着紫红光彩，/而黄昏织满了红雀的翅膀"；只要"安宁慢慢儿滴下来，/从晨的面纱滴落到蛐蛐歌唱的地方"。这就是他全部的理由。

否则，他不叫叶芝。

茅屋

［丹麦］汉斯·克里斯汀·安徒生/著　周枫/译

扫一扫，
聆听给孩子的诗
朗读者：风泉

在浪花冲打的海岸上，
有间孤寂的小茅屋，
一望辽阔无边无际，
没有一棵树木。

只有那天空和大海，
只有那峭壁和悬崖，
但里面有着最大的幸福，
因为有爱人同在。

茅屋里没有金和银，
却有一对亲爱的人，
时刻地相互凝视，
他们多么情深。

这茅屋又小又破烂，
伫立在岸上多孤单，
但里面有着最大的幸福，
因为有爱人作伴。

汉斯·克里斯汀·安徒生

丹麦19世纪童话作家，被誉为"世界儿童文
学的太阳"。1833年出版长篇小说《即兴诗
人》赢得国际声誉，其童话作品被译成一百
五十多种语言，在全球各地出版。

去丹麦见识一场安徒生式的爱情

文 | 张海龙

只要有爱人相守，破旧茅屋也是天堂。

一直歌颂爱情，却终生未成家室。1875年8月4日，七十岁的安徒生孤独病逝。

安徒生说："我为自己的童话付出了巨大的、无可估量的代价。为了童话，我拒绝了自己的幸福，并且错过了这样的一段时间。"安徒生在一百六十多篇童话中，写到爱情的就有近五十篇。他笔下的爱情故事往往比现实中的爱情更纯粹、更完美，主人公总是一往情深，死心塌地，不求回报。可是令人奇怪的是，他本人有的只是几次无望的爱情。

安徒生的初恋对象是里波格·沃伊格特。在《守门人的儿子》中，他借文学作品描摹自己心目中的美丽女孩："薄纱缎带中的，是她那颗善良的心灵。她像飘浮在风中的天鹅，轻盈地落在地上。其实，她并不需要翅膀，她所拥有的翅膀，仅仅是她心灵的流露。"在异国的寓所里，他们曾经一起点亮圣诞树。但长久的分离，让他们虽曾相爱却不能相守。1875年安徒生去世时，人们才发现，他的脖子上挂着一个小皮袋子，里面装的是里波格结婚前写来的一封信。

诗人从来多情，那是一种"非如此不可"的命运。安徒生也是如此热情冲动，他不加分辨地谈着恋爱，从来没有考虑到底会不会有结果。他笔下的人物也是这样一往情深——如《雪人》中的雪人，它不可救药地爱上了火炉；《坚定的锡兵》中的锡兵，即使生命被熔化，也要呈现一颗赤子之心；《海的女儿》中的美人鱼，哪怕化为泡沫也要让心上人幸福……安徒生对爱情从未失去信心，那种执着的爱一直是他心中最神圣的感情，以至于"安徒生式的爱情"在今天成了传奇。挪威作曲家格里格曾将这首诗谱成歌曲，在世界各地传唱。

对星星的诺言

捡来的孩子

[拉脱维亚] 亚·巴尔特维尔克斯/著　古娜/译

扫一扫，
聆听给孩子的诗
朗读者：商玲

也许，在某个特别的日子，你会遇上这样的事：
也许，那天你正好要去邮局。
也许，为了去邮局你就沿着海边走。
也许，你在海边会找到一个小盒子。
也许，盒子里有只摇尾巴的小怪兽。
也许，盒子里没有小怪兽，却有些别的什么东西。

我就遇到过这样的事，在一个特别的日子。
这事千真万确，那天我正好要去邮局。
为了去邮局我就沿着海边走。
这事千真万确，我在海边找到了一个小盒子。
但是那盒子里并没有摇尾巴的小怪兽。
那里坐着一首诗——就是你正在读的这首。

亚·巴尔特维尔克斯
拉脱维亚诗人。

行为诗歌

文 | 伤水

这首诗非常有趣味。有趣味，应该是诗歌应该有的一种品质。是的，诗不但可以有思想有感情，也应当有情趣，要写得有意思，能够活跳跳地吸引人。

这首诗，整个第一节就是设计了"也许"。一个接一个的"也许"，是步步推进的可能，每一种可能都建立在前一种可能性上。那么，到最后的可能，形成事实的"可能性"很小了。而偏偏这样，第二节一开头，诗人却说"我就遇到过这样的事"——变最小的可能为事实，很是吸引人。前面所写的就像画了个子虚乌有的藏宝图，现在突然告诉你，真的按照神秘的藏宝图去寻宝了。引人入胜，先是"引"，然后才"入"。

而更妙的是，诗人最后的谜底："那盒子里并没有摇尾巴的小怪兽。/那里坐着一首诗——就是你正在读的这首。"这简直妙不可言。我们寻找宝藏，最后发现宝藏就是我们寻找的这个过程。我们探求人生的意义，原来意义就是我们探究时经历的生命历程。

我还感受到这诗歌有一种"行为艺术"的味道。尽管行为艺术没有办法付诸文字产生，它要某"物"和受众"人"共同发生而形成某种有意味的"场"，可是，我们读《捡来的孩子》，会不自觉地被作者引入"胜"境中，获得一种恍然大悟的粲然，仿佛体验了一次行为艺术。笔者也曾经专门试验过这一种"行为诗歌"。

没有完，最后，我们想想，题目是"捡来的孩子"。捡来的孩子，是指什么呢？请联系诗中两次出现的一个"特别的日子"，一起思考下。

窗

[波兰] 切斯瓦夫·米沃什/著　陈敬容/译

扫一扫，
聆听给孩子的诗
朗读者：陆鑫慧

黎明时我向窗外瞭望，
见一棵年轻的苹果树沐着曙光。

又一个黎明我望着窗外，
苹果树已经是果实累累。

可能过去了许多岁月，
睡梦里出现过什么，我再也记不起。

切斯瓦夫·米沃什
波兰诗人、散文家、文学史家。1980年获诺
贝尔文学奖。主要作品：《被禁锢的头脑》
《伊斯河谷》《个人的义务》《务尔罗的土
地》等。

目目 "窗"是什么?

试问:"窗"是时间之窗、空间之窗、眼界之窗还是梦幻之窗?

一贯觉得诗是诗人假意的逃离,真意的回归。只要他们想,就可清晰表达。不过,诗人往往偏爱隐晦的方式。在这首诗里,米沃什看似写的是一棵苹果树的生命轨迹,实则借故回忆它来重现往昔的自己以及生活的种种。

人们年轻时总是朝气蓬勃、心性纯洁,由内而外,所思所感皆散发着温和柔美的光晕;对世界充满了好奇,尤其是远方的天空;极少认为梦想在此时此地,而是预设在未知的时间和不确定的地点。

其后,人们会因"硕果累累"对自我和未来依然怀有憧憬。但白驹过隙,时光荏苒。诗人笔意直下,不着痕迹地描摹了他的人生:如今只剩发黄的信笺和荒老的此身。啊!荼蘼花事、况味重重,恍惚得连梦境都怕是难以进入。至于我曾梦想过什么?今夕何夕?身何在?知晓了所有又能如何。

人生如雾亦如梦,人生如梦亦如幻。无论是如雾如梦抑或如幻,皆是你我所感却无能掌控的事象。这实在是生命中不可承受之轻!

上溯前面的问题:"窗"是什么?我并没有标准答案,更不想代替诗人做出回答,然而深信我们同样感悟到了人世沧桑和怅惘,却永远都在苦苦追索那些回不去的时光。

请不要灰心呀

[日本] 柴田丰/著　徐建雄/译

扫一扫，
聆听给孩子的诗
朗读者：祝一君

我说
你不要唉声叹气地
诉说着自己的不幸

微风和阳光
并不偏心
梦
对每个人都是平等的

你看看我
也有过伤心往事
可我依然觉得
活着挺好

所以我说
你也不要灰心
不要气馁

柴田丰
日本诗人。98岁出版处女作诗集《请不要灰
心呀!》。

人生的救援歌

文 | 陈智博

  这首诗的作者柴田丰是日本知名诗人。柴田丰出生于1911年，经历了日本的军国主义时代，也亲眼看见了战后日本经济的复兴和回落。柴田丰的丈夫去世后，她就一个人在东京郊区的家里生活。她在九十八岁的时候才出版处女作诗集《请不要灰心呀!》，一举走红。日本大海啸后，NHK电视台邀请柴田丰表演。整整百岁的柴田丰欣然登台朗诵她的诗，震撼并抚慰了悲痛中的日本人。媒体将柴田丰通俗易懂的诗歌比作"人生的救援歌"。

  人生的道路漫长曲折，总有顺境和逆境，前者让人安逸从容，后者则使人灰心丧气。世人多被工作失意、生活穷困、亲人去世以及各种疾病困扰，而年轻人多会遇到竞争失败、失恋和家庭矛盾等。其实有困难是再正常不过的，生活就是一个困难摞着一个困难。是怀揣着抱怨从此一蹶不振、郁郁寡欢，还是用内心的力量帮助自己，甚至更多人？目睹日本经济和自己人生大起大落的诗人，就是一个值得我们思考和借鉴的例子。

  诗歌不仅能讴歌赞美、矫正批判，更能救赎。当你遭遇困难时，也跟这位老奶奶一起读一读这首小诗，只有坚强的人，才是一个有希望的人。

我喜欢你是寂静的

[智利] 巴勃罗·聂鲁达/著　李宗荣/译

扫一扫，
聆听给孩子的诗
朗读者：杨玲玲、
罗宾

我喜欢你是寂静的，仿佛你消失了一样。
你从远处聆听我，我的声音却无法触及你。
好像你的双眼已经飞离远去，
如同一个吻，封缄了你的嘴。

如同所有的事物充满了我的灵魂，
你从所有的事物中浮现，充满了我
的灵魂。
你像我灵魂，一只梦的蝴蝶，
你如同忧郁这个词。

我喜欢你是寂静的，好像你已远去。
你听起来像在悲叹，一只如鸽悲鸣
的蝴蝶。
你从远处听见我，我的声音无法企
及你。
让我在你的沉默中安静无声。

并且让我借你的沉默与你说话，
你的沉默明亮如灯，简单如指环。
你就像黑夜，拥有寂静与群星。
你的沉默就是星星的沉默，遥远而明亮。

我喜欢你是寂静的，仿佛你消失了一样，
遥远且哀伤，仿佛你已经死了。
彼时，一个字，一个微笑，已经足够。
而我会觉得幸福，因那不是真的而觉得
幸福。

巴勃罗·聂鲁达
智利诗人。1971年获诺贝尔文学奖。主要作
品：《二十首情诗和一支绝望的歌》。

沉默可能就是喜欢

文｜麦冬

　　读诗是一种心情，写诗是一种心境。

　　我读诗，也写诗，读诗是为了读懂别人，写诗是为了看清自己。诗人是自私的，有时自私到让别人看不懂自己；诗人也是痛苦的，常常慨叹别人看不懂自己。例如：聂鲁达的《我喜欢你是寂静的》。

　　文字纯净得清澈见底，"我喜欢你是寂静的，仿佛你消失了一样"，"我喜欢你是寂静的，好像你已远去"。情感表达得淋漓尽致，"你从远处聆听我，我的声音却无法触及你"，"你就像黑夜，拥有寂静与群星"。

　　喜欢你是寂静的，又害怕你是寂静的，渴望得到回应，又难以去表达，这种恋人的情思，内心的澎湃，被细腻地表达出来，字里行间，凝滞着一种幽隐的情感，欲张还收，欲说还休；"如同一个吻，封缄了你的嘴"，"你听起来像在悲叹，一只如鸽悲鸣的蝴蝶"，我们仿佛很难从这些略显夸张的句子中去理解聂鲁达要表达的感情，但又在哀伤的语句中沉寂于美的体验，一切都是那么迫切，又显得那么合情合理。

　　喜欢爱人沉默的样子，但对爱人的不语，诗人在作品中表现出了强烈的无奈和哀伤，动人之处，也在于此。我也想起了林徽因，一个时代的记忆，徐志摩爱了她一辈子，梁思成伴了她一辈子，金岳霖等了她一辈子。

　　一位友人说："当你喜欢上一个沉默的人，或是你对一个人的喜欢，只能沉默的时候，就会明白这首诗。"我认为，他说得对。

我和谁都不争

[英国] 沃尔特·萨维奇·蓝德/著　杨绛/译

扫一扫，
聆听给孩子的诗
朗读者：祝一君

我和谁都不争，
和谁争我都不屑；
我爱大自然，
其次就是艺术；
我双手烤着
生命之火取暖；
火萎了，
我也准备走了。

沃尔特·萨维奇·蓝德
英国作家、诗人。曾就读牛津大学，后辍
学。精通罗马文学，许多著作以拉丁文书
写。主要著作：《假想对话录》。

📖 我走了

文 | 海岸

　　这是英国诗人蓝德七十五岁生日写下的一首美丽小诗，因著名翻译家杨绛先生喜爱，译成汉语并流传甚广。2003年，九十二岁的杨绛出版散文集《我们仨》，写出她对爱女钱瑗和丈夫钱锺书于1997—1998年相继离世后的心情，也写尽她对丈夫和女儿最深切绵长的怀念。与此同时，她修订这首译诗道出自己无声的心语："我和谁都不争，/和谁争我都不屑；/我爱大自然，/其次就是艺术……"她感叹生命短暂，怎可浪费光阴与人争名夺利！她不与谁争，不是因为她害怕，也不是因为她多高傲，到了她这个年纪早已将一切看透；此时的不争与不屑，不是不为，实则是不妄为不胡为。"我双手烤着/生命之火取暖"，则把生命喻为火的燃烧，也意味着光明与照耀；"火萎了，/我也准备走了"，简要明了至极，却道尽人生真谛，那是一生辛劳之余的安慰与解脱、一种内心的安宁与淡泊。

对星星的诺言

请你再说一遍吧
（葡萄牙十四行诗之二十一）

扫一扫，
聆听给孩子的诗
朗读者：段莹

[英国] 伊丽莎白·巴雷特·勃朗宁/著　飞白/译

请你再说一遍吧，说了还要说，
　　就说你爱我。哪怕你的话一再重复，
　　如同布谷鸟之歌，不断唱着"布谷"。
要知道：如果没有布谷鸟之歌，
就不会有完整的春天，身披绿袍，
　　降临平原和山坡、树林和幽谷。
　　爱人啊，我在黑暗之中听出
一个忧虑的心声；由于不安的折磨，
我喊道："再说一遍：你爱我！"谁会嫌
　　星星太多，哪怕颗颗都在天上运行？
谁嫌花太多，哪怕朵朵都为春天加冕？
　　说你爱我，你爱我，你爱我，把银钟
敲个不停！——亲爱的，只是别忘这一点：
　　也要用沉默来爱我，用你的心灵。

伊丽莎白·巴雷特·勃朗宁
又称勃朗宁夫人，英国维多利亚时代最受人
尊敬的诗人之一。主要作品：《葡萄牙十四行
诗集》等。

📖 爱，是一个连接词

文 | 张海龙

请你再说一遍吧，说了还要说，就说你爱我。

爱与吻不可分割。读着勃朗宁夫人的诗，让人想起那部意大利电影《天堂电影院》。三十年时光飞逝而去，从前那些迫于教会势力被剪掉的接吻画面，被艾佛特重新拼接在一起，作为送给多多的最后礼物——那么多曾经丢失的吻全都深情重现！当经典的黑白镜头斑驳出现在银幕之上，当一个个或快乐，或悲伤，或感怀，或忧郁的接吻镜头纷至沓来，人世间最美好的男欢女爱，让观者无法不动容。

只是，那一连串吻在电影里到底意味着什么？

表面上看起来当然是爱情，而且是一个又一个失败的爱情故事，然后用众多的电影吻戏来做一次致敬。只是电影若仅停留于那种"小忧伤"，就会成为浅薄的"小清新"。其实，爱情与政治一样，充满着背叛与强权，还有禁忌与迷失、真情与谎言，以及献祭与放弃。那更像一种隐喻：所以那些迟到的吻都说明从前的岁月根本没和真实世界连接上。所谓悲剧，就是没在合适的时间去做合适的事情。比如，没在相爱时去吻一个姑娘，却用攒下来的"删节本"抚慰一颗苍老的心。

现在，那一连串"你爱我"又在诗中想表达什么？

爱是一个连接词，"你爱我"仅仅是一种愿望。日本小说家村上春树说，没有比人更孤独的了，比孤独的星球还要孤独。所以，我们才有了连接的努力。每个人都要对应另一个人，只是想要去真正连接。正是从这个意义出发，爱才成为生命的必需。他和她，都把嘴唇和身体连接在一处，想要走过一生一世，想要从此心无芥蒂。我们看不清电影或诗行外的生活到底会怎样延续，但我们宁愿相信"一日长过百年，拥抱无始无终"。

需要警醒的是，当KISS失去了曲折缠绵的表达，也就变成了直接生硬的KILL，吻就成了刽，而LOVE也会直接OVER。由此，我们才要向那些优美的诗篇表示敬意，它就在那里，星星点点的文字，却让我们心安。哪怕我们此刻沉默，也能感知正有天使飞过。

对星星的诺言

第一次提问

[日本] 长田弘/著　猿渡静子/译

扫一扫，
聆听给孩子的诗
朗读者：大侠

今天，你仰望天空了吗？
天空，是很远很远，还是近在眼前？

云，看起来像什么？
风，又是怎样的味道？

你觉得，
美好的一天，是怎样的一天？
"谢谢"这样的话语，
今天你是否说过？

窗外，路边，
是什么映入你的眼帘？
挂满雨滴的蜘蛛网，
你可曾看见？

走过橡树，走过榉树，
你是否曾停下脚步？
街边的树木，你知道它们的名字吗？
你可曾想过，把它们当作朋友？

你最近一次凝望河川，是什么时候？
最近一次坐在砂石上，
坐在草地上，又是哪一天？

"真美啊！"
是什么，让你情不自禁发出赞叹？
你能说出，最喜爱的七种花吗？
在你心目中，
谁，可以被称为"我们"？

长田弘

日本诗人。毕业于早稻田大学，曾创办诗刊
《鸟》。

黎明前，
你可曾听到鸟儿的
声声啼叫？
暮色中，
你是否曾向着西方的
天空祈祷？

你喜欢几岁时的自己？
今后的岁月，你能否越来越好？
"世界"一词，
在你脑海中，呈现出怎样的风景？

此时此地，
侧耳倾听，你听到了什么？
沉默，是怎样一种声音？
紧紧闭上双眼，
你看到了什么？

提问与回答，
此刻的你，需要的是哪一个？
那些必须做的事，
你心中是否有了决定？

你最想做的事，是什么？
你认为，人生的素材有哪些？

对于你自己，
对于那些你不认识的人，
和不认识你的人，
你觉得，幸福是什么？

在这个轻视语言的时代，
你还会相信语言吗？

提问就是重新开始

文 | 麦冬

"今天，你仰望天空了吗？""在你心目中，/谁，可以被称为'我们'？"《第一次提问》用三十个诗意的提问，打开了我们发现生活之美的眼睛和发现自然之美的心窗。

每读一遍，我都会陷入对问题的思考之中。人生不止三十个问题，但每个年龄阶段的人，都会给出不同的感受和答案，每个人在不同的年龄段，也都会有不同的回答。长田弘先生的《第一次提问》，精巧之处也在于此，他让每个人，无论长幼男女在读诗时，都会带着问题去思考。有的问题好答，不假思索，就能答出，如："今天，你仰望天空了吗？""云，看起来像什么？"有些问题难答，如："在这个轻视语言的时代，/你还会相信语言吗？"有些问题在不同年龄，有不同的回答，如："在你心目中，/谁，可以被称为'我们'？"

沉浸在思考中的我们，带着这么多的提问，更会不由想起自己的过去，从孩童时候起，偌大的一个世界摆在面前，陌生得让人好奇，私密得让人迷离，我们都在提问中不断地成长，走过童年，走过中年，走完人生。我们一路走，一路问，一路答，这种一问一答也伴随着我们的一生，从未停歇。

你昨天读，是一个答案，明天读，是另一个答案，同样的问题，在不同的时间，不同的地点，不同的心情中，都会有不同的解答。第一次提问，是第一次吗？我觉得不是，每一个第一次的提问，都让我们去重新审视自己的过去，自己的经历，也时刻提醒我们，第一次的提问是一个重新的开始。是吧？

花与恶心

[巴西] 卡洛斯·德鲁蒙德·德·安德拉德/著　胡续冬/译

扫一扫，
聆听给孩子的诗
朗读者：雷鸣

被我的阶级和衣着所囚禁，
我一身白色走在灰白的街道上。
忧郁症和商品窥视着我。
我是否该继续走下去直到觉得恶心？
我能不能赤手空拳地反抗？

钟楼上的时钟里肮脏的眼睛：
不，全然公正的时间并未到来。
时间依然是粪便、烂诗、癫狂和拖延。

可怜的时间，可怜的诗人
困在了同样的僵局里。

我徒劳地试图对自己解释，墙壁是聋的。
在词语的皮肤下，有着暗号和代码。
太阳抚慰着病人，却没有让他们康复。
事物。那些不引人注目的事物是多么
悲伤。

沿着城市呕吐出这种厌倦。
四十年了，没有任何问题
被解决，甚至没有被排上日程。
所有人都回到家里。
他们不怎么自由，但可以拿起报纸
拼读出世界，他们知道自己失去了它。

大地上的罪行，怎么可以原谅？
我参与了其中的很多，另一些我做
得很隐蔽。
有些我认为很美，让它们得以出版。
柔和的罪行助人活命。
错误像每日的口粮，分发到家中。
烘焙着邪恶的狠心面包师。
运送着邪恶的狠心牛奶贩。

卡洛斯·德鲁蒙德·德·安德拉德
巴西诗人、小说家。被称为"公众诗人"，在
国内外多次获得诗歌奖。主要作品：《一些
诗》《心灵的沼泽》《人民的玫瑰》等。

把这一切都点上火吧，包括我，
交给1918年的一个被称为无政府主义者的男孩。
然而，我的仇恨是我身上最好的东西。
凭借它我得以自救
还能留有一点微弱的希望。

一朵花当街绽放！
它们从远处经过，有轨电车，公共汽车，钢铁的车河。
一朵花，尽管还有些黯淡，
在躲避警察，穿透沥青。
请你们安静下来，停下手里的生意，
我确信一朵花正当街绽放。

它的颜色毫不起眼。
它的花瓣还未张开。
它的名字书中没有记载。
它很丑。但它千真万确是一朵花。

下午五点钟，我坐在一国之都的地面上
缓慢地把手伸向这尚未明朗的形状。
在山的那边，浓密的云团在膨胀。
一个个小白点在海上晃动，受惊的鸡群。

它很丑。但它是一朵花。它捅破了沥青、厌倦、恶心和仇恨。

📖 我确信一朵花正当街绽放

文 | 张海龙

"我确信一朵花正当街绽放。"

北京时间2016年8月6日早晨，在巴西里约热内卢奥运会开幕式表演中，一个小男孩寻找绿色树苗的场景让人印象深刻：一粒娇嫩的种子冲破土壤奋力发芽。在背景声中，曾出演影片《中央车站》的费尔南德·蒙特纳哥和007系列电影里M夫人扮演者朱迪·丹奇，一起朗诵了巴西诗人卡洛斯·德鲁蒙德·德·安德拉德的这首诗《花与恶心》，诗中言之凿凿地说："它很丑。但它是一朵花。它捅破了沥青、厌倦、恶心和仇恨。"

或许这首强悍的诗让很多习惯了"小清新"的人略感不适——为什么花要与恶心并置？为什么说时间依然是粪便、烂诗、癫狂和拖延？为什么要沿着城市呕吐出这种厌倦？为什么我的仇恨是我身上最好的东西？为什么……为什么诗可以这样写？

没错，答案只有一句话："我确信一朵花正当街绽放。"

是的，只要这朵花开放，就能捅破一切不好的东西。

的确，南美的巴西对中国来说太过遥远，那样的狂欢式语境也并不适合于我们四平八稳的生活。所谓"你的红烧肉，我的穿肠药"，"花与恶心"式的强悍表达在巴西语境里不过是日常生活，那是来自"上帝之城"的直抒胸臆。

这届奥运会，各种声音都在说里约缺乏管理，都在说巴西缺乏效率，都在说这届奥运会缺钱。但是，巴西最不缺的就是狂欢和激情。在巴西，巴西没有巴西人那么重要；在里约，里约奥运也没有里约人的日常生活那么重要。那是一座不完美的城市，所以上帝才有事可做，所以才会在开幕式上有这样一首诗悍然现身。

请确信一朵花的力量。

对星星的诺言

第二辑

天真的诗篇

云

于衍锟

云是
走动的鞋子。
走过高山，
走过大海，
走过很多地方。
轻飘飘的鞋子，
走过的路，
一点痕迹也没有。

于衍锟
台湾高雄学生。

扫一扫，
聆听给孩子的诗
朗读者：郭一莲

📖 云的路，心的家

文｜沙马

　　这是一首孩子们的歌，云是孩子们的鞋，一起穿越美好的事物。作者选择"云"作为中心意象，准确而贴切。因为云是诗意的事物，是梦想的翅膀，是流动的韵律，是洁白的家园。诗人于衍锟以极富想象力的笔调，给云穿上了鞋子，随着心灵的旅程出发了。走过高山，走过大海，走过千山万水。走过的路，没有留下一点痕迹，达到了"随风潜入夜，润物细无声"的境界。云，在流动中，在变化中，在诗意的迁徙中，不留下一点儿的声息和痕迹，不惊动其他的事物，置身于一种"无我"的境界，一切都是在自然而然中行进，使最初的凌乱化为最后的秩序。

　　这首诗语言简练、耐读，叙述从容，风清云淡，韵味悠长。从起句到结束，首尾和谐一致。表现与本质达到了统一，词与物达到了统一。整首诗是一个本体的象征，暗藏着丰富的隐喻，诗人在用一颗孩子的心体会着某种纯真的存在，蕴含着诗人的审美情趣，仿佛一曲流畅的音乐在孩子们的内心萦绕，激发出孩子们的想象力，并带来阅读的快乐。

你的名字

纪弦

扫一扫，
聆听给孩子的诗
朗读者：郭一莲

用了世界上最轻最轻的声音，
轻轻地唤你的名字每夜每夜。

写你的名字。
画你的名字。
而梦见的是你的发光的名字：

如日，如星，你的名字。
如灯，如钻石，你的名字。
如缤纷的火花，如闪电，你的名字。
如原始森林的燃烧，你的名字。

刻你的名字！
刻你的名字在树上。
刻你的名字在不凋的生命树上。
当这植物长成了参天的古木时，
啊啊，多好，多好，
你的名字也大起来。

大起来了，你的名字。
亮起来了，你的名字。
于是，轻轻轻轻轻轻地唤你的名字。

纪弦

原名路逾，笔名路易士、青空律。现代派诗
歌的倡导者，在台湾创办《现代诗》诗刊。

一次有仪式感的呼唤

文 | 孙蔚麦

　　纪弦这首《你的名字》是很适合用来朗诵的，甚至可以说正是为朗诵准备的。正如，你的名字——两个字或者三个字，当然几个字都无所谓——似乎生来就是为了让人呼唤一样。

　　你既可以把它当作一声轻唤，也可以把它当成一封情书，当成一首乐曲也完全没问题，总之，不要把它当成诗。我的意思是，不要把它当成一页仅仅用来诵读的文本，而是带着一颗同理心进入这首诗，进入诗人想要营造的氛围，跟上诗人的节奏，成为诗人本身。在这首诗中，每个人都是呼唤的主体，让心慢下来，再慢下来，然后像一阵春风扑面而来，在心底轻轻唤出那个人的名字。

　　既然是呼唤，那么我们大可不必自作聪明地对这首诗进行解剖，进而分析其韵律、其修辞。《你的名字》妙也就妙在这里，它没有什么好分析的——如此浅显，却又如此动人。我们很容易从诗中窥见诗人坦诚、真挚、热腾腾的一颗心。在这里，他的身份不再是一个冷冰冰的"诗人"，一个"作者"，而是一个"爱人"。"爱"字，多么美好，短短几行诗又何以完全表达。于是诗人选择了这样一个看似愚笨却又极其聪明的方式——无可表达，不如率性表达："啊啊，多好，多好""你的名字也大起来"。如此之好，除了"好"我找不到第二个词来形容它了。

　　读《你的名字》，就是在完成一次有仪式感的呼唤。你的名字——两个字或者三个字，当然几个字都无所谓——把它轻轻轻轻地唤出声来。它耀眼，它永恒，它如春风化雨，又如电光火石。这几个普通的字因为你而变得不再平凡，仅仅因为，它是"你"的名字。

星星变奏曲

江河

扫一扫，
聆听给孩子的诗
朗读者：沈雯

如果大地的每个角落都充满了光明
谁还需要星星，谁还会
在夜里凝望
寻找遥远的安慰
谁不愿意
每天
都是一首诗
每个字都是一颗星
像蜜蜂在心头颤动
谁不愿意，有一个柔软的晚上
柔软得像一片湖
萤火虫和星星在睡莲丛中游动
谁不喜欢春天，鸟落满枝头
像星星落满天空
闪闪烁烁的声音从远方飘来
一团团白丁香朦朦胧胧

如果大地的每个角落都充满了光明
谁还需要星星，谁还会
在寒冷中寂寞地燃烧
寻找星星点点的希望
谁愿意
一年又一年
总写苦难的诗
每一首都是一群颤抖的星星
像冰雪覆盖在心头
谁愿意，看着夜晚冻僵
僵硬得像一片土地
风吹落一颗又一颗瘦小的星
谁不喜欢飘动的旗子，喜欢火
涌出金黄的星星
在天上的星星疲倦了的时候——升起
去照亮太阳照不到的地方

江河

原名于友泽。与顾城、北岛、舒婷和杨炼并
称为"五大朦胧诗人"。著有诗集《从这里开
始》《太阳和它的反光》等。

星星知我心

文 | 张海龙

江河的诗适合朗诵，它有种滔滔不绝的"河流叙事"感，因为那时候的人们都需要抒情，需要把自己的心扉通过一首诗完全打开。

这首抒情诗并不晦涩难懂，"星星"象征光明，那就是诗意、春天、温暖、希望和自由等生活中最美好的东西。诗中的"星星"有其特定的情境和意味，它是茫茫黑夜中闪现的点点光明，那是诗人对所处时代的隐喻，也是他执着追求理想的另类表达。

江河的诗一气呵成，整首诗都以"星星"为主要意象并以假设为前提来直抒胸臆，展示现实与理想的背离，也裸呈诗人对光明的渴求。从前有首歌叫《星星知我心》，这个题目正可以作为江河这首诗的绝佳注解。

窗下

洛夫

扫一扫，
聆听给孩子的诗
朗读者：段铁

当暮色装饰着雨后的窗子
我便从这里探测出远山的深度

在窗玻璃上呵一口气
再用手指画一条长长的小路
以及小路尽头的
一个背影

有人从雨中而去

洛夫
原名莫运端、莫洛夫。1996年移居加拿
大。2001年以长诗《漂木》获诺贝尔文学奖
提名，早年因表现手法近乎魔幻被诗歌界誉
为"诗魔"。

📖 他的诗歌里有一层雾

文 | 诺布朗杰

　　洛夫先生的诗歌里有一层雾，它是存在的，却是模糊的。有一层雾遮住视野的时候，我们就会对某个实实在在存在的东西有多重见解，也是这种多义性和不定性丰富了这首诗的内涵，从而给读者以更广阔的想象空间。

　　诗人和世界还隔着一扇窗。窗外，是雨后，是暮色，是远山，这一切都是存在的。窗内，是手指画的小路和雨中而去的背影，这些是虚构的。在平静里藏着跌宕起伏：窗外的雨已经停了，窗内的雨还在下，并且有人从雨中而去，而玄机就在手指走的这段路上。

门前

顾城

扫一扫，
聆听给孩子的诗
朗读者：夏荷

我多么希望，有一个门口
早晨，阳光照在草上

我们站着
扶着自己的门扇
门很低，但太阳是明亮的

草在结它的种子
风在摇它的叶子
我们站着，不说话
就十分美好

有门，不用开开
是我们的，就十分美好

早晨，黑夜还要流浪
我们把六弦琴给他
我们不走了，我们需要
土地，需要永不毁灭的土地
我们要乘着它
度过一生

土地是粗糙的，有时狭隘
然而，它有历史
有一分天空，一分月亮
一分露水和早晨

我们爱土地
我们站着，用木鞋挖着
泥土，门也晒热了
我们轻轻靠着
十分美好

墙后的草
不会再长大了
它只用指尖，触了触阳光

顾城
中国朦胧诗派重要代表，被称为当代"唯灵
浪漫主义"诗人。

📖 把谣曲唱给你听

文 | 吕达

　　干干净净的顾城最欣赏的诗人是西班牙的加西亚·洛尔迦，其中最为喜欢他的谣曲。

　　谣曲是一种适宜吟诵的诗歌体裁，内容广博，韵律明显，适宜传唱，同时又以清新、简洁的语言给读者以童话般的诗歌阅读体验。

　　而这一首童谣般的诗，正是顾城的代表作。纯真的心，像透明的小溪，凉凉地流过读者的嘴唇。

　　每一个诗人都有一个田园梦，阳光、草地、木门、六弦琴、天空、月亮、露水、木鞋、爱人……这就是美好的样子。这又不仅是一个梦，顾城说"我们需要土地""我们爱土地"，这是自然主义、生态美学的诗学表露。顾城是走在前面的人，因为大自然留给我们的美好是永远不会消逝和过时的。

　　顾城是朦胧诗派的重要代表诗人，被称为当代的"唯灵浪漫主义"诗人。这首诗与顾城最后的作品《回家》相呼应，诗行牵引读者自然进入诗人的情感世界，与诗人一起欢笑、痛惜、流泪。这是顾城诗歌的一贯风格。

在路上

叶舟

扫一扫，
聆听给孩子的诗
朗读者：夏荷

我看见天空疲惫　那么高远的疲惫

比眼前的秋天　比这条长路
比一场恢弘的诵经声
还要疲惫　我知道她深情的来源
一切热情　开始成灰

可我　依然带着锄头
在天空的深处　收割着土豆　玫瑰
与所有心灵的食物
这是平凡且寂寥的人生　走在路上
才是我准确的宿命

累了　我就直起腰
靠在天空的身上　掸掉灰尘
饮下银河里的水

这时　那些灿烂的星宿　犹如鸽子
再一次起飞　给我引路

叶舟
诗人、小说家、编剧，中国作家协会会员，
甘肃省作家协会副主席。短篇小说《我的帐
篷里有平安》获2014年第六届鲁迅文学奖。

📖 他的道路，也是他的自画像

文 | 冯国伟

　　面对一首诗，你不妨先吟诵。那些诗句穿过你的唇间，是否会如新鲜的食物一样让你唇齿留香？我相信，你读过这首诗后，会感受到汉字之美所特有的节奏、旋律给你心灵带来的愉悦和畅意。

　　诗人叶舟生活在兰州，他的诗如一叶扁舟，游弋在北半球一条由草原、戈壁、雪山、石窟、马匹和不可尽数的遗址构成的温带地域上。他以自己的汉字重新建筑了一种纸上的风景和城邦，一个涵括了秘密命运的疆域。

　　这首《在路上》的诗，就是他的道路和精神，也是他的自画像。

　　从"疲惫"至"高远的疲惫"到"一切热情　开始成灰"，这似乎是极致的困顿，但，不，"可我　依然带着锄头/在天空的深处　收割着土豆　玫瑰/与所有心灵的食物"。这几乎是诗人的宣言。而高音部分随之出现：这是平凡且寂寥的人生，走在路上，才是我准确的宿命。情理之中但意料之外。这岂是一个人的喟叹，这几乎是每一个在路上的人共同的心声。只是经由诗人准确的描述，让人为之一震：这就是我想说的，谢谢你，道出了我的秘密。

　　而随后的一系列动作：直起腰，靠在，掸掉，饮下，都是一种精神的刻画，直到"那些灿烂的星宿　犹如鸽子/再一次起飞　给我引路"，一个行者的坚定形象被诗的语言所塑造。

　　诗，就是这样简单、直接而精准的抵达。

父亲的草原母亲的河
——一九九九年初冬写给德德玛的歌

扫一扫，
聆听给孩子的诗
朗读者：薛峰

席慕蓉

父亲曾经形容那草原的清香
让他在天涯海角也从不能相忘
母亲总爱描摹那大河浩荡
奔流在蒙古高原我遥远的家乡

如今终于见到这辽阔大地
站在芬芳的草原上我泪落如雨
河水在传唱着祖先的祝福
保佑漂泊的孩子找到回家的路

虽然已经不能用母语来诉说
亲爱的族人　　请接纳我的悲伤
请分享我的欢乐
我也是高原的孩子啊心里有一首歌
歌中有我父亲的草原我母亲的河

我也是高原的孩子啊心里有一首歌
歌中有我父亲的草原啊
我母亲的河

席慕蓉
全名穆伦·席连勃。当代画家、诗人、散文
家。主要作品：《七里香》《无怨的青春》《一
棵开花的树》。

乡愁从未消散

文 | 诺布朗杰

一个强大的故事支撑着这首《父亲的草原母亲的河》。

《父亲的草原母亲的河》以一首歌的形象出现在大众视野里，是席慕蓉为蒙古族歌唱家德德玛填的歌词。席慕蓉的原籍在内蒙古察哈尔盟明安旗，父母都是蒙古族贵族。出生不久，她就随父母迁居香港，1954年又迁往台湾。席慕蓉的父亲做梦都想回草原。他一度寄居德国，强烈的乡愁从未消逝，他从异国的土地上折断一根草，也会很陶醉地对席慕蓉说："对了，就是这个味道，这很像家乡蒙古草原上草的味道……"歌词的第一句"父亲曾经形容那草原的清香"就这样出来了。

而当一个人的呼声与一代人的呼声画上等号的时候，就注定了它的非凡与经久不衰。

礼物

泉子

扫一扫,
聆听给孩子的诗
朗读者:苏晓晓

"爸爸,你最爱的是谁?"
"点点。"

"要说实话,
因为没有一个人不是爱自己胜过另一个的。"

"是的,我也曾一直这样以为,
直到你来到了我身边,
直到这样的爱成为你从另一个世界为我捎来的礼物。"

泉子
杭州市作家协会副主席。

▤ 爱，是联结人类的唯一有效方式

文 | 吕达

　　世间最奇妙的事莫过于生命的诞生。作为一个父亲，无须经历十月怀胎的切身感受，但是他可以从自身创造出一个崭新、干净、美妙的生命——一个孩子！世间最奇妙的感情大概也就是父亲与孩子之间的爱吧。如果人世间有一种爱能够超越自我，那只能是父母对孩子的爱。在诗人泉子的生命中，孩子是神灵赐给父母最珍贵的礼物，他会尽此生最大的努力付出全部去珍爱自己的孩子。尽管在现实的生活中，这种爱被层层包裹或显现出不同的面貌，但，爱，不会受损伤。

　　亲爱的小读者，如果你读到这首诗，如果你对父母的爱有所怀疑或模糊，你或许可以获得一个新的认识。如果这一切都能激起你内心的涟漪，那么不妨在某个日子，把这首诗读给你的父母听，也把你的爱告诉父母。

　　纯洁的爱，是联结人类的唯一有效方式。

天真的诗篇

山中一个夏夜

林徽因

扫一扫，
聆听给孩子的诗
朗读者：庞塞

山中一个夏夜，深得
像没有底一样，
黑影，松林密密的；
周围没有点光亮。
　　　对山闪着只一盏灯——两盏
　　　像夜的眼，夜的眼在看！

满山的风全蹑着脚
像是走路一样，
躲过了各处的枝叶
各处的草，不响。
　　　单是流水，不断的在山谷上
　　　石头的心，石头的口在唱。

虫鸣织成那一片静，寂寞
像垂下的帐幔；
仲夏山林在内中睡着，
幽香四下里浮散。
　　　黑影枕着黑影，默默的无声，
　　　夜的静，却有夜的耳在听！

林徽因
建筑师、诗人、作家、教师。主要作品：《你
是人间的四月天》。

📖 享受夏夜的寂静

文 | 劳月

又到炎热的夏季，又是到乡野享受夜的寂静的好时候。

始终忘不了，孩提时候，一到夏天的傍晚，总是拉帮结伙，在弄堂里，树荫下，吃着井水冰过的西瓜，数着天上灿烂的星星，听着老人们讲述过去的故事，总不肯回到炎热的家里去。后来，响应"备战备荒"的号召，疏散到农村去过一段时间，又见识了寂静清朗、蛙鸣狗吠、瓜果飘香的乡野夏夜。听着这首林徽因的诗，令我对这个已经来临的夏天充满着期望。

林徽因祖籍是福州，出生于杭州，是"民国四大美女"之一。但在这四大美女中，唯有林徽因最有才。她不仅写得一手好诗，更是中国著名的建筑师，是人民英雄纪念碑和中华人民共和国国徽深化方案的设计者之一。她的诗玲珑剔透，情感纯真炽热，意象错落有致，表现了真挚细腻的内心世界和精细微妙的艺术感受，具有明丽与清新的韵致。这首《山中一个夏夜》便是她的代表作之一。诗虽短，但想象丰富，意象新颖，用光亮、声音把山中夏夜描摹得细致入微，引人入胜。"对山闪着只一盏灯——两盏/像夜的眼，夜的眼在看！""黑影枕着黑影，默默的无声，/夜的静，却有夜的耳在听！"多么形象的描述，简直出神入化。

炎夏已经来临，迈开双腿走出去吧，到乡野去享受夜的寂静！

还是梦

麦冬

扫一扫，
聆听给孩子的诗
朗读者：吕长荣

你告诉我
你懂了
但是你已经不敢
云朵挽着云朵
小草扶着小草

还是梦
你让我带着
不能弄丢
只有你的声音
依然熟悉

你告诉我
你要寻找苇塘　　　　　　我不相信
寻找一片树林　　　　　　梦是真的
因为它可以通向有些记忆　你说：放一颗糖吧
有些你的颜色　　　　　　梦就是甜的

麦冬
中国作家协会会员，中国诗歌学会会员，华
文作家协会会员。

📖 梦是甜的

文｜陈智博

　　梦是造物主赋予人类最神秘的生命体验，梦也一直是人类的灵感所在。两千多年前，梦启发了大哲庄子，让他看清了感官与现象的世界："不知周之梦为蝴蝶与？蝴蝶之梦为周与？周与蝴蝶则必有分矣。此之谓物化。"

　　据说，有些脑部受到损伤的人是不会做梦的。梦的缺失是生命体验的一大缺憾，但人生更痛苦的是寻梦不得。每个人都做梦，但是人不能控制梦。梦与现实极为对立，追梦的人经常被现实撞得人仰马翻，"杯子碰到一起，都是梦破碎的声音"。于是，梦成了一种非常稀缺的资源，它如同宝贵的生命力一样，更多地存在于孩子身上。一个喜欢谈论梦想的成年人，总是被称为"痴人说梦"。随着人的成长，梦就一点一点被丢掉了。于是，"你懂了/但是你已经不敢"。

　　但是梦并非遥不可及，追梦是一意孤行反复往身上浇开水的过程。当你不再害怕困难，害怕得失，害怕孤独，害怕冷眼相对，害怕被别人称为"骗子"，你就离实现梦想不远了。但是太多人受不了追梦的苦涩，所以中途退出了。

　　"我不相信/梦是真的/你说：放一颗糖吧/梦就是甜的"，生活如是！

错误

郑愁予

扫一扫,
聆听给孩子的诗
朗读者:家宝

我打江南走过
那等在季节里的容颜如莲花的开落

东风不来,三月的柳絮不飞
你底心如小小的寂寞的城
恰若青石的街道向晚
跫音不响,三月的春帷不揭
你底心是小小的窗扉紧掩

我达达的马蹄是美丽的错误
我不是归人,是个过客……

郑愁予
原名郑文韬。当代诗人,被称为"浪子诗
人""中国的中国诗人"。主要作品:《错误》
《水手》等。

📖 江南就在诗里

文 | 张海龙

　　江南不在别处，江南就在诗里。

　　正是在每位诗人反复的书写里，江南才进入到每个人的心里。如郑愁予，他说"等在季节里的容颜如莲花的开落"，而"我达达的马蹄是美丽的错误"，因为"我不是归人，是个过客"。他的这首短诗如同一笔墨迹，在时光的宣纸中缓缓洇开，变成一抹似有还无的记忆。

　　2016年9月3日至4日，在B20和G20杭州峰会上，中国国家主席习近平在不同场合的演讲中，都多次赞美了杭州所体现出来的江南之美。他在G20杭州峰会欢迎晚宴上的欢迎致辞，更是多次引用赞美杭州以及江南的美好诗篇。

　　他说，千百年来，从白居易到苏东坡，从西湖到大运河，杭州的悠久历史和文化传说引人入胜。四百多年前，1583年，意大利人利玛窦来到中国，他记述了"上有天堂，下有苏杭"的说法，据说他是最早记录传播这句话的西方人；也是四百年前，德国的克雷菲尔德市就同杭州开始了丝绸贸易；一百四十年前，1876年的6月，曾经当过美国驻华大使的司徒雷登先生出生于杭州，在中国生活了五十多年，他的骨灰就安放在杭州半山安贤园；九十多年前，1924年4月，印度诗人泰戈尔游览了西湖，特别喜欢这里并写下了不少诗，其中一首写得很好——"山站在那儿，高入云中，水在它的脚下，随风波荡，好像请求它似的，但是它高傲得不动"，泰戈尔还表示想在西湖边买个小屋住上几天；二十多年前，1992年10月，南非前总统曼德拉先生来到杭州，游览了西湖后表示愿意在这里住上一辈子。

　　你瞧，他们都是"过客"，却都想成为这座城市的"归人"。还有什么比这更好的赞美？

这也是一切
——答一位青年朋友的《一切》

舒婷

不是一切大树
　　都被暴风折断；
不是一切种子
　　都找不到生根的土壤；
不是一切真情
　　都流失在人心的沙漠里；
不是一切梦想
　　都甘愿被折掉翅膀。

不，不是一切
都像你说的那样！

不是一切火焰
　　都只燃烧自己
　　而不把别人照亮；
不是一切星星
　　都仅指示黑夜
　　而不报告曙光；
不是一切歌声

都掠过耳旁
而不留在心上。

不，不是一切
都像你说的那样！

不是一切呼吁都没有回响；
不是一切损失都无法补偿；
不是一切深渊都是灭亡；
不是一切灭亡都覆盖在弱者头上；
不是一切心灵
　　都可以踩在脚下，烂在泥里；
不是一切后果
　　都是眼泪血印，而不展现欢容。

一切的现在都孕育着未来，
未来的一切都生长于它的昨天。
希望，而且为它斗争，
请把这一切放在你的肩上。

舒婷
原名龚佩瑜。当代女诗人，朦胧诗派代表
人物。

📖 在绝望中看到希望

文 | 诺布朗杰

　　这首诗告诉我们在面对生活中的困难或者不幸时，不要悲观、失望。要学会接受，去积极地面对一切，正视一切，在绝望中找到新的希望。

　　舒婷的这首《这也是一切》有一个副标题："答一位青年朋友的《一切》"，是对北岛的诗歌《一切》的呼应。在"朦胧诗"时期，对有关社会历史的"真理"性质的发现迫切地需要表达。而舒婷的"一切"是有回转的余地的，都不是全面的否定，所以这首诗的时代意义大于它本身。

　　在绝望中看到希望，在悲观中懂得乐观。

夏天

圣野

扫一扫，
聆听给孩子的诗
朗读者：家宝

悄悄地，悄悄地
我像一个活泼泼的
爱爬竿子的绿孩子
伸着小腿儿到处爬

爬呵，爬呵
给树
添上绿叶

爬呵，爬呵
给葡萄架
披上绿纱

爬呵，爬呵
给墙
绕上绿藤

爬呵，爬呵
给小山坡
穿上绿衣

人们都爱
这么夸奖我：
这一个绿孩子
真勤劳

我们看她不见
摸她不着
可是我们确实知道
她来了
——她给我们带来了
多么凉爽的绿颜色

那个常常
在洒满绿荫的窗口
看书的学生
给我取个名
说我的名字
就叫"夏天"

圣野
原名周大鹿。1957 年复员转至上海少年儿童
出版社，于同年起主编《小朋友》杂志。主要
作品：诗集《啄木鸟》《列车》和《小灯笼》。

你心里那个长不大的孩子

文 | 张海龙

据说，每个人心里都有一个长不大的孩子。所以，每个成年人都是装腔作势地在活着。那个孩子偶尔出来淘气，让我们还知道自己不过就是虚长了些年岁。很多人都羡慕老诗人圣野，九十多岁还有一颗八岁的童心，还能写出那些孩子气的诗歌。

从1957年开始，圣野就开始从事儿童文学编辑工作。告别部队，在《小朋友》编辑部一待就是三十多年。此后，他每天都在写诗，诗是他生活的常态，是他人生不可分割的一部分。在公园里，在火车上，在茶余饭后，他全都在写诗。对他来说，写诗不是任务，而是一种活法。他始终坚持的，是像个孩子那样去发现这个世界——"太阳公公抽了一支烟，吐出了满天的乌云"。他的诗意和童趣，常让人忍俊不禁，仿佛回到快乐的童年。时至今日，他已经著有《春娃娃》《雷公公和啄木鸟》等六十多种诗文集，从这些有趣醒目的书名，就可以想象到那个诗的童话王国。

我们到底为什么要读童诗？这其实是个挺大的话题。也许，长大是件挺残酷的事情，所以我们还想藏在童年里面。德国作家君特·格拉斯写过一部《铁皮鼓》，里面那个孩子就不想长大，因为他不想看见大人世界里那些不好的事情，所以永远停留在三岁这个年纪。

或许，你的心也是一只铁皮鼓，也藏着一个不愿意长大的孩子。

用诗叩门，把他叫出来吧。

小鸟音符

柯岩

扫一扫，
聆听给孩子的诗
朗读者：蒋一萍

小鸟，小鸟，
你们为什么
不坐在高高的树梢？

小鸟，小鸟，
你们为什么
在电线上来回跳跃？

明白了，明白了，
你们错把
电线当成五线谱了。

　　小鸟音符，
　　呵，音符小鸟——
　　多么美丽的曲调……

柯岩
原名冯恺，当代作家、诗人。

委身于幸福的偶然性

文 | 张海龙

《小王子》里有句话："重要的东西肉眼是看不见的，是要用心去倾听的。"

这句话正好用在今天这首童诗里：一群小鸟站在电线上，在没有诗性的眼睛看来，那不过是一轰就会散去的鸟儿；而诗人和音乐家则从这样的画面直接感知到节奏，让鸟儿们的欢叫一路来到耳畔和心间。你知道的，这个世上总有一些庸人对美好的事物不明所以，而我们需要用一首诗或者一段音乐来柔化他们的心灵。那些嘲笑诗和远方的人，不过是因为他们不得不苟且，所以不希望诗和远方和更多的人发生关系罢了。

从前，有人曾问毕加索："为什么你的画让人看不懂?"

毕加索问他："你说鸟叫好听不?"

"好听啊。"

毕加索追问："那鸟叫你能听懂不?"

"听不懂啊。"

毕加索直接抛过去这句话："好听就行了，非得听懂干什么?"

道理的确如此，所谓艺术，不过就是"委身于幸福的偶然性"——就像那幅拍有小鸟落在电线上的照片，就像那段想象中的被小鸟当作五线谱的音乐，就像这首试着和小鸟说话的诗歌。一切都是偶然相逢，一切都是适得其所，一切都是稍纵即逝。

雪花的快乐

徐志摩

扫一扫，
聆听给孩子的诗
朗读者：蒋一萍

假如我是一朵雪花，
翩翩的在半空里潇洒，
　我一定认清我的方向——
　飞飏，飞飏，飞飏，——
这地面上有我的方向。

不去那冷寞的幽谷，
不去那凄清的山麓，
　也不上荒街去惆怅——
　飞飏，飞飏，飞飏，——
你看，我有我的方向！

在半空里娟娟的飞舞，
认明了那清幽的住处，
　等着她来花园里探望——
　飞飏，飞飏，飞飏，——
啊，她身上有朱砂梅的清香！

那时我凭藉我的身轻，
盈盈的，沾住了她的衣襟，
　贴近她柔波似的心胸——
　消溶，消溶，消溶——
溶入了她柔波似的心胸！

徐志摩
新月派代表诗人，新月诗社成员。主要作
品：《再别康桥》《翡冷翠的一夜》等。

雪狮子向火

文 | 张海龙

    不是徐志摩，作不出这首诗。何以当年茅盾先生下如是判断？想必是那种既柔弱哀婉又不顾一切的气质，正来自于江南才子徐志摩。他的人生，他的爱情，他的早逝，都正如这片注定要融化的雪花，"飞飏"着奔向终点，却在这个过程中感到无比快乐。

    《雪花的快乐》并不难读，雪花代替诗人出场，"翩翩的在半空里潇洒"，那是被诗人意念填充的雪花，也是被诗人灵魂贯穿着的雪花。雪花的使命就是"从天而降"，就是"与大地相抵"，就是"消溶，消溶，消溶"。之所以在去往终点的路上无比快乐，或许是因为在"等着她来花园里探望"——她住在清幽之地，她出入雪中花园，她浑身散发朱砂梅的清香，她心胸恰似万缕柔波的湖泊！她是爱情的对象物，她也是尘世间一切美的幻象。

    诗人对世间万物都自有想象，他可以把一切都展开建筑在"假如"之上。由是，雪花的旋转、延宕和最终归宿完全取决于诗人灵魂飞升的方向。那些重复出现的"飞飏，飞飏，飞飏"更像一种誓言——虽千万人，吾往矣。那是感伤之后的决绝，那也是酩酊之后的太息。

    《雪花的快乐》《再别康桥》和《我不知道风是在哪一个方向吹》三首诗是徐志摩诗风的代表作。《雪花的快乐》正是徐志摩诗第一集《志摩的诗》首篇。诗人自己这样的编排绝非随意。按着这样一个顺序，我们可以看到一个诗人的心路历程：从"飞飏，飞飏，飞飏"到"轻轻的我走了"再到"我不知道风是在哪一个方向吹"，那分明就是一种彷徨之后的"去意已决"，正如古人所说的"雪狮子向火"，是为了些许温暖而不惜化成泥水的决意。

天真的诗篇

面朝大海，春暖花开

海子

扫一扫，
聆听给孩子的诗
朗读者：大漠胡杨

从明天起，做一个幸福的人
喂马，劈柴，周游世界
从明天起，关心粮食和蔬菜
我有一所房子，面朝大海，春暖花开

从明天起，和每一个亲人通信
告诉他们我的幸福
那幸福的闪电告诉我的
我将告诉每一个人

给每一条河每一座山取一个温暖的名字
陌生人，我也为你祝福
愿你有一个灿烂的前程
愿你有情人终成眷属
愿你在尘世获得幸福
我只愿面朝大海，春暖花开

海子

原名查海生。诗人，创作了近 200 万字的诗歌、诗剧、小说、论文和札记。出版《土地》《海子的诗》和《海子诗全集》等。

春天，想起海子

文 | 张海龙

　　这首《面朝大海，春暖花开》是诗人海子流传得最广的一首诗。很多人喜欢那种温暖，却不知这是海子的辞世之作。告别这个世界前，他写下这些温暖的句子，内心却是无比决绝的痛苦。

　　那些诗句积累的意象让我们看到，幸福似乎是存在的，希望是可以追逐的，只是它们都在抵达不了的地方。他只是愿意用一切美好的词汇描述幸福，希望能在幻想里拥有它。唯有明天会是幸福的。而明天，永远只有明天，明天的明天。

　　春天是个残酷的季节，因为一切都太过迅速，一切都让人猝不及防。从一个春天到另一个春天，以及他走后的每一个春天，我们都在读这首诗。可是，谁又能懂得诗人内心的真实想法？就像他在另外一首诗里写的："青稞酒在草原之夜流淌，这些热爱生活的年轻人，他们都不懂得此刻我的悲伤。"

　　面朝大海，春暖花开——诗人所有的梦想、祝福和温暖，都集中在这八个字上。这是只身赴死的诗人为我们留下的话语。对于海子，只要记住这八个字以及那仿佛天梯的冰冷铁轨，就已经足够。

　　我们应该用什么样的声音去读这首诗？那也是一个抵达之谜。

天真的诗篇

北茶园

胡桑

一个地址变得遥远，另一个地址
要求被记住。需经过多少次迁徙，
我才能回到家中，看见你饮水的姿势。

不过，一切令人欣慰，我们生活在
同一个世界，雾中的星期天总会到来，
口说的词语，不知道什么是毁坏。

每一次散步，道路更加清醒，
自我变得沉默，另一个我却发出了声音，
想到故乡就在这里，我驱散了街角的阴影。

"我用一生练习叫你的名字。"
下雨了，我若再多走一步，
世界就会打开自己，邀请我进入。

胡桑
新锐诗人、批评家，同济大学哲学系博士。

怕与爱

文｜陈曼冬

　　这首诗我是很喜欢的。但是忽然不晓得要怎么样描述我的喜欢。这种喜欢来自于对诗歌里的某种情绪的感同身受。就是那种每天努力过日子，但好像生活没有变得更好，也没有变得更糟，一如往常。最近这段时间我一直处于懵懵懂懂恍恍惚惚的状态。这种状态来自于某种不确定。就像最近的天气，这被雾霾笼罩的日子、迷蒙中的日子。而当我们要说起生活的沉重，总是显得肆无忌惮。

　　这首诗的开篇陈述了地址的不停变动，"一个地址变得遥远，另一个地址要求被记住。需经过多少次迁徙，我才能回到家中"。家是什么呢，虚实不定。我更愿意理解为是自我的心灵。

　　常常被问及会不会写诗。我总是诚实而羞怯地说："不会。"确实不会。也曾有诗人朋友教过我写诗。每天发给我一个题目说："从命题作文开始吧。"我却从未完成过。是怕。所以不敢尝试。

　　在我的字典里，怕与爱其实是同义词。

灯塔

雷抒雁

扫一扫，
聆听给孩子的诗
朗读者：冬之恋

在黑色的夜晚，在黑色的海上，我们孤独地前进。

你在远处，一闪一闪，用目光向我们呼叫，用目光向我们招手。于是，我们便向你靠拢，或者充满信心地从你身边驰过。

是的，你并不能照亮整个海域，并不能平息海上浪涌，甚至，也不能告诉我们哪一处有隐藏的礁石。可是，你总是在指给我们以道路，给我们以信心和希望，于是，我们过去了，默默地向你致谢，表示我们的崇敬和礼赞。

在黑色的夜晚，在黑色的海上，灯塔以温暖的目光寻找船只。

雷抒雁
诗人、作家。曾任《诗刊》社副主编、鲁迅
文学院常务副院长。

📖 把自己站成一座灯塔

文 | 张海龙

关于灯塔，更多时候是种象征，那不是现实中常见的意象。

2014年年底，我在乌斯怀亚，那是南美阿根廷的一座小城，世界最南端的城市，也称世界尽头。海边有这样一块木牌：泛美公路、阿根廷3号公路尽头，阿拉斯加距此17848公里。登上去往南极的轮船，向着素有"狂暴西风带"之称的德雷克海峡进发。船入比格水道，回头处，却看见了那座红白相间的灯塔。

世界尽头的灯塔之所以有名，是因为王家卫那部《春光乍泄》。电影中，年轻的张震打开录音机，把旅途中收集到的别人的秘密释放出来，让它们在世界尽头随风飘散。于是，这个灯塔瞬间成了全部情侣关乎爱和希望的终极之地。灯塔之下，直入人心的，正是那句"到了尽头，我想回家"。

将这样的现实经验带入阅读，或许就能望得见诗人笔下那座灯塔，在暗夜的大海上散发着温暖的光。正如诗人所说，是灯塔以温暖的目光寻找船只，而非船只在扬着风帆寻找灯塔。换成这样的视角去重新观照世间万物，会看出另外一重意义来。

那么，先把我们自己站成一座灯塔吧！

天真的诗篇

张海龙

扫一扫，
聆听给孩子的诗
朗读者：冬之恋

箱子里藏起灯火，纸片上写下智慧
一只夜鸟用声音代替身体并且勾画出命运
一个天真的人该怎样开始生活

桌子上摊开爱情，谜语里设下劫难
一只破碎的杯子里埋下隐忍的光
一个天真的人该怎样开始生活

脑子里有一处内伤，夜晚你有一次梦遗
一束不可能的闪电扑向矛盾的两极
一个天真的人该怎样开始生活

马匹诞生于树下，光在大气中消逝
一位过早白发的青年体味着这两句诗
的意义
一个天真的人该怎样开始生活

羊皮包住一颗敏感的心，手帕裹着三枚
占卜的石子
一条上岸的鱼它到底意味着什么
一个天真的人该怎样开始生活

早晨碰见沾水的灵魂，麻雀在雨
中反复歌唱
一个形而上的家伙误解着生活
一个天真的人该怎样开始生活

捂住口袋里的神，捂住一只疼痛
的胃
一个天真的人该怎样开始生活
一个天真的人该怎样反抗生活

张海龙
诗人，"我们读诗"总策划。

天真的诱惑

文 | 涂国文

　　张海龙先生的这首《天真的诗篇》，让我没来由地想起席勒的《论天真的诗与感伤的诗》。在席勒的文学批评里，"天真的诗"与"感伤的诗"是作为两种不同形态的诗歌呈现的，而在我的阅读体验中，天真的诗，则往往就是感伤的诗。

　　这首诗歌，写的是诗人作诗时的一次"走神"：面对摊开在桌上的诗稿，诗人思接千载。他像济慈笔下的那只夜莺一样，用啼血的歌喉，吟唱青春的理想与热血、爱情与躁动、磨难与创痛、执着与隐忍、脆弱与敏感、迷惘与追寻。"形而上"这一词汇是理解这首诗的核心语汇。正是因为有着"形而上"的追求，诗人脑海中那束思想的"闪电"，才能超越青春的种种困厄和疼痛；诗人的青春才能跃上骏马，风驰电掣地绝尘而去；诗人才能找回自己被风雨打湿的灵魂，才能超越物质的匮乏与生存的艰难。

　　诗歌中连续七次反复的"一个天真的人该怎样开始生活"，像七记重锤，重重地砸在读者的心坎上。它是一个世纪之问，拷问着诗人自己，也拷问着社会。天真的人，都难以逃脱"在清水里洗三次，在血水里泡三次，在碱水里煮三次"的人生命运。然而，尽管天真的人命运如此多舛，尽管世俗正在加大对天真灵魂的腐蚀力度，诗人仍然没有举起白旗。"一个天真的人该怎样反抗生活"，诗歌在最后喊出了时代的最强音。

　　张海龙先生的《天真的诗篇》，不仅让我们领略了汉语修辞的迷人魅力，更让我们认识到：天真可能是悲剧的，然而，天真更是充满诱惑的。

风

叶圣陶

扫一扫，
聆听给孩子的诗
朗读者：云的女儿

谁也没有看见过风，
不用说我和你了。
但是树叶颤动的时候，
我们知道风在那儿了。

谁也没有看见过风，
不用说我和你了。
但是林木点头的时候，
我们知道风正走过了。

谁也没有看见过风，
不用说我和你了。
但是河水起波的时候，
我们知道风来游戏了。

叶圣陶

原名叶绍钧，字秉臣、圣陶。现代作家、教
育家、出版家和社会活动家，有"优秀的语
言艺术家"之称。

📖 我们如何看见风？

文 | 张海龙

风是什么？风都干了什么？怎样才能看见风？

诗人海子说：大风从东吹到西，从北刮到南，无视黑夜和黎明，你所说的曙光究竟是什么意思？的的确确，一场风就囊括了我们一生，一场风就把我们内心变得空空荡荡，可是谁能抓住风？

按科学家的解释，风是大气的流动，种子和花粉都在风中传递搬运，大地面貌在风的吹刮中被塑造改变。风的重要作用，是促进地球表面各种物质进行流动交流，也是生命运动进行气体交换的主要源泉。

按诗人的发现，风是四季的信号，风是大地的雕塑师。我们可以从雨水中看见风的湿润，我们可以从鸟翼下看见风的吹息，我们可以从动物的奔逃与吸引中看到风的吸引，我们可以在树的身体上看到风的形状……

某年，在内蒙古大草原，漫长的黄昏渐次过去，黑夜从四周向上涌起。我看到，结束一天劳作的牧人，打开一架简易风车上的锁链，让叶片在风中旋转，给帐篷里那架电视机接上电源。在孤零零的星球上，在风吹草低的原野上，那是我看到的风的另一种形状。它笑着跳着哭着喊着，涌进了那个小小的盒子里。

我选择
——仿波兰女诗人WisLawa Szymborska 节选

扫一扫，
聆听给孩子的诗
朗读者：楚贝贝

周梦蝶

我选择紫色，
我选择早睡早起早出早归。
我选择冷粥，破砚，晴窗；忙人之所闲而闲人之所忙。
我选择非不得已，一切事，无分巨细，总自己动手。
我选择人一能之己十之，人十能之己百之。
我选择以水为师——高处高平，低处低平。
我选择以草为生命，如卷施，根拔而心不死。
我选择高枕：地牛动时，亦欣然与之俱动。
我选择岁月静好，猕猴亦知吃果子拜树头。
我选择读其书诵其诗，而不必识其人。
我选择不妨有佳篇而无佳句。
我选择好风如水，有不速之客一人来。
我选择轴心，而不漠视旋转。
我选择春江水暖，竹外桃花三两枝。
我选择渐行渐远，渐与夕阳山外山外山为一，
而曾未偏离足下一毫末。
我选择电话亭：多少是非恩怨，虽经于耳，
不入于心。
我选择鸡未生蛋，蛋未生鸡，第一最初威音王
如来未降迹。
我选择江欲其怒，涧欲其清，路欲其直，
人欲其好德如好色。
我选择无事一念不生，有事一心不乱。
我选择迅雷不及掩耳。
我选择最后一人成究竟觉。

周梦蝶
原名周起述，主要作品：《孤独国》《还魂草》《十三朵白菊花》等诗集。

喧嚣中一只紫色的蝴蝶

文 | 孙莳麦

几年前，纪录片"他们在岛屿"系列之《写作之化城再来人》详尽地呈现了一个关于周梦蝶的故事。纪录片以周梦蝶一天的旅程隐喻其一生的风景：早上5时30分，周梦蝶起床，缓缓地穿好长衫："我选择早睡早起早出早归。/我选择冷粥，破砚，晴窗。"他一人外出，拄着拐杖，坐公交车，转地铁参加文学聚会。他在台北市车水马龙的武昌街摆书摊营生，专售冷僻的诗文集，终日默坐繁华街头，成为台北知名的文艺风景——这一坐，就坐了二十年。

如果把目光拉长，我们可以看到，一人，陋室，小床，书柜，书桌，以及一起拥挤在这间屋子里的厨房几乎构成了他生活环境的全部要素。然后镜头移向繁华的武昌街，在熙攘的人流中，只有一块时间慢下来，沉淀下来——一人，一板凳，一块布，若干书。

这人，就是周梦蝶。

在龙应台的口中，周梦蝶"是台湾文化史的一页传奇，更是一个时代的勋章"。那么我们完全有理由相信，以周梦蝶在台湾文坛的影响力，他的生活必然是不错的，至少不会差。然而事实却恰恰相反，他生活简朴，仅够温饱。却在获得文学成就奖的第二天，把十万元奖金全额捐献了出去。

这在普通人眼里或许是难以做到，甚至难以理解的事情，在周梦蝶却如此轻描淡写。这就是周梦蝶和普通人不同之处，这不是被动的无奈，甚至不是"一箪食，一瓢饮，在陋巷，人不堪其忧，回也不改其乐"的淡然，而是主动的、坚定的选择：我可以富足，可以舒适，可以问心无愧地用情怀换取本应得到的东西，"但是我，只想做一个蝴蝶"。

一只紫色的蝴蝶，正如诗中所言"我选择紫色"。周梦蝶如此解释"紫色"："红色很妖艳，白色也很漂亮，紫色很黯淡，我不喜欢出风头。"

在《我选择》这首诗中，周梦蝶以自白的方式直言其选择：那是他的态度、他的方式、他的处世哲学、他身处逆境却迎风而上的信念。

或许，他正是靠这样的坚守和这样的特立独行告诉我们，在这喧嚣的世界中，仍有一些东西是永恒的。

笑的种子

李广田

扫一扫，
聆听给孩子的诗
朗读者：云的女儿

把一粒笑的种子
深深地种在心底，
纵是块忧郁的土地，
也滋长了这一粒种子。

笑的种子发了芽，
笑的种子又开了花，
花开在颤着的树叶里，
也开在道旁的浅草里。

尖塔的十字架上
开着笑的花，
飘在天空的白云里
也开着笑的花。

播种者现在何所呢，
那个流浪的小孩子？
永记得你那偶然的笑，
虽然不知道你的名字。

李广田
号洗岑，笔名黎地、曦晨等。散文家。曾与北
大学友卞之琳、何其芳合出诗集《汉园集》。

用什么来再现那声鸟鸣？

文 | 张海龙

教育其实就是播种然后等待开花，而快乐显然是最重要的种子。

读大学时勤工俭学，我曾经教一所小学里的孩子们写作文。抛开那些现成教材的死板无趣和空无一物，我所拥有和推荐的，只是一本《安徒生童话》。那本书里的第一篇故事就是《夜莺》。安徒生把这个故事的背景放到了中国皇帝的宫殿里。那巨大无边的宫殿里有一个树林，树林里住着一只看不见身体的夜莺，它的歌唱得非常美妙，它给人们带来了快乐。世界各地的旅行家都到这个皇帝的首都来，欣赏这座皇城、宫殿和花园。当他们听到夜莺歌唱的时候，他们都说："哦，天哪，这真是世上最美的东西！"

后来，日本国的皇帝送来了一只人造夜莺，一上发条就会自动唱出那只真夜莺所唱的歌来。它跟天生的夜莺一模一样，全身还挂满了钻石、红玉和青玉。它可以把同样的调子唱上三十三次，而且还不知疲倦。所有人都喜欢上了这只人造的夜莺，而渐渐忘记了那只真正的夜莺——它回到林子里去了。一直到后来，反复唱着同样歌曲的人造夜莺坏了，皇帝也病了，死神就守在他的床前，等着把他带走。那一刻，那只小小的、活的夜莺在窗子外面又唱了起来。死神也被它的歌所吸引，死神离开了皇帝，化作一股寒冷的白霜，在窗口消逝了。于是，皇帝又活在美好的人世间……

我给那些分属于小学各个年级的孩子们讲完这个故事，让他们根据记忆复述一遍，并且写在纸上，当作那堂作文课的一次作业。我想要让他们来重现那声鸟鸣，就好像人走在街上突然与某段音乐意外相遇，被音乐缠绕，以致口里不由自主地便会哼起那曲调。我想让那声鸟鸣给他们带来一种愉悦，让写作文变得有趣而美好。

那些孩子们完全超过了你的想象——每个孩子都把故事讲得非常有趣，有的还加上了自己的种种稚嫩想法。他们没谁看见过真正的夜莺，却全都听到了那一声鸟鸣。我问一个刚上一年级的女孩子，故事里那两只夜莺有什么区别？她说，一个是机器的，一个是有生命的。

我吃惊地望着她，她说出的"生命"二字有种高贵凝重的色彩。那时，我知道，必有某种奇迹发生在她的体内。正是她，再现了那声关键的鸟鸣。

那也是一颗种子开了花。

我和你加在一起

白连春

扫一扫，
聆听给孩子的诗
朗读者：静思如花

一只蝴蝶是小的，轻的
微不足道的，和花朵加在一起
就大了，重了，成了春天的最爱
一棵草是小的，轻的
微不足道的，和马加在一起
就大了，重了，成了大地的最爱
一粒尘埃是小的，轻的，微不足道的
和在田里插秧的父亲加在一起
就大了，重了，成了我的最爱
一滴水是小的，轻的，微不足道的
和在河边洗衣的母亲加在一起
就大了，重了，同样成了
我的最爱。一个我是小的
轻的，微不足道的
和你加在一起就成了
岁月的最爱
只是加法太简单了

白连春
笔名李当然。在《人民文学》《星星》《诗
刊》等发表过小说、诗歌等，曾获《星星》
跨世纪诗歌奖等。

📖 诗性的加法

文 | 沙马

一加二等于三，三的后面是万事万物。诗人借用孩子们课本上的数学写成了一首诗，将数学的加法演化成人类学的加法，一个微小的事物加上另一个微小的事物，别具一格地象征了孩子们成长的路，符合孩子们的阅读心理。

一只蝴蝶加一朵花就构成了诗意的春光；一棵草和一匹马儿加在一起就成了绿色的辽阔大地；一粒尘埃加上插秧的父亲就有了沉甸甸的分量；一滴水珠加上河边洗衣的母亲就构成人间美好的爱；我是微小的，和你加在一起就构成人生灿烂的岁月。个人是孤独的，"漫漫长路夜空深邃/还好身边有你相陪"，这正如"人"字的构成，仅有一撇可能会倒下，再加上一捺，相互支撑就稳固了。在孩子们前进的路上，会出现很多事物的加法以至无穷，仿佛一滴水汇聚大海就会跃起灿烂的波浪之花，从而构成了世界诗意的存在。

这首诗似乎是用歌谣的笔法，写出了孩子童稚的心理，写出了孩子如歌的岁月，写出了孩子成长路上美好的事物，写出了孩子日常现实中的"加法"，"只是加法太简单了"。

也许正因为孩子们的"简单"才更加接近事物存在的本质。诗歌中简单的笔法蕴含着深刻的哲理，日常现象里蕴含着丰富的思想。上下召唤，首尾呼应，具有较强的艺术感染力。

天真的诗篇

纸船
——寄母亲

冰心

扫一扫，
聆听给孩子的诗
朗读者：静思如花

我从不肯妄弃了一张纸，
　　总是留着——留着，
叠成一只一只很小的船儿，
　　从舟上抛下在海里。

有的被天风吹卷到舟中的窗里，
　　有的被海浪打湿，沾在船头上。
我仍是不灰心的每天的叠着，
　　总希望有一只能流到我要它到的地方去。

母亲，倘若你梦中看见一只很小的白船儿，
　　不要惊讶它无端入梦。
这是你至爱的女儿含着泪叠的，
　　万水千山，求它载着她的爱和悲哀归去。

冰心
原名谢婉莹。诗人、作家、翻译家、社会活
动家。笔名冰心取自"一片冰心在玉壶"。主
要作品：小说集《超人》，诗集《繁星·春
水》等。

满载爱与思念的纸船

文 | 赵佳琦

1923 年 8 月 17 日，冰心从上海乘船赴美国留学。这是冰心在赴美留学的路上写给妈妈的一首诗，在有些版本里，这首诗的标题就是"纸船——寄母亲"。

在这首诗中，冰心从"从不肯妄弃了一张纸"开始，写自己总是留着那一片片纸，将它们叠成一只又一只的纸船，表现了童真与童趣。然而她却并没有说为什么这样爱叠纸船，给读者留下了悬念。

之后，具体来写这些纸船都到了哪里去，结果是许多纸船都不遂人愿，但这并没有影响到诗人，她仍是"不灰心的每天的叠着"，"总希望有一只能流到我要它到的地方去"。

最后诗人终于道出了这样坚持叠纸船的原因，原来她是想让这纸船带着她对母亲的思念流到母亲那里，对前文做出了回应。而她当然知道，在远离家乡的大海上放下的纸船并不可能真正流到母亲那里，于是便有了"纸船入梦"的期待。在结尾两句，诗人抑制不住在外游子对母亲的深切的思念之情，直言道："这进入母亲梦中的纸船是她'含着泪叠的'，她'求'这纸船能载着她的'爱和悲哀'流到母亲身边、跨过万水千山传递到母亲心中。"

在这首小诗里，诗人将对母亲的爱与思念、远离母亲的悲伤借着具体的"纸船"来表达，生动而又具体。对冰心有很大影响的印度著名诗人泰戈尔也有篇同名诗作，大家可以找来读读。

失去的岁月

艾青

扫一扫，
聆听给孩子的诗
朗读者：老洪

不像丢失的包袱
可以到失物招领处找得回来，
失去的岁月
甚至不知丢失在什么地方——
有的是零零星星地消失的，
有的丢失了十年二十年，
有的丢失在喧闹的城市，
有的丢失在遥远的荒原，
有的是人潮汹涌的车站，
有的是冷冷清清的小油灯下面；
丢失了的不像是纸片，可以拣起来，
倒更像一碗水泼到地面
被晒干了，看不到一点影子；
时间是流动的液体——
用筛子，用网，都打捞不起；
时间不可能变成固体，
要成了化石就好了，
即使几万年也能在岩层里找见。

时间也像是气体，
像急驰的列车头上冒出的烟！
失去了的岁月好像一个朋友，
断掉了联系，经受了一些苦难，
忽然得到了消息：说他
早已离开了人间

艾青
文学家、诗人。主要作品：《失去的岁月》
《大堰河——我的保姆》《北方》等。

时间是流动的液体

文 | 左悦

艾青曾因某些原因不得不中断了创作二十余年，这首诗是他1978年复出诗坛后所作。对于诗人来说，那段岁月无疑是沉痛的，即便重新执起笔来，过去的时光已不可追。所以他在诗中感叹："时间是流动的液体——/用筛子，用网，都打捞不起……"

时光便是这样，无声无息默默流淌，不经意间便消失得无影无踪。作者用"晒干的水""急驰的列车头上冒出的烟"，来比喻握不住的时间，用简单质朴的语言把失去的岁月生动地描绘出来。看到这里，你是否也会对岁月的流逝感到哀伤？是否会更加珍惜当下的时光？

然而"一寸光阴一寸金，寸金难买寸光阴"，诗句大家都耳熟能详，却依然免不了有些"不知丢失在什么地方"的岁月——"好像一个朋友，/断掉了联系，经受了一些苦难，/忽然得到了消息：说他/早已离开了人间"。

蓦然回首，这样的无可奈何怎不让人怅惘。

南方的夜

冯至

扫一扫，
聆听给孩子的诗
朗读者：钱柏仲

我们静静地坐在湖滨，
听燕子给我们讲南方的静夜。
南方的静夜已经被它们带来，
夜的芦苇蒸发着浓郁的情热。——
　　我已经感到了南方的夜间的陶醉，
　　请你也嗅一嗅吧这芦苇中的浓味。

你说大熊星总像是寒带的白熊，
望去使你的全身都感到凄冷。
这时的燕子轻轻地掠过水面，
零乱了满湖的星影。——
　　请你看一看吧这湖中的星象，
　　南方的星夜便是这样的景象。

你说，你疑心那边的白果松
总仿佛树上的积雪还没有消融。

这时燕子飞上了一棵棕榈，
唱出来一种热烈的歌声。——
　　请你听一听吧燕子的歌唱，
　　南方的林中便是这样的景象。

总觉得我们不像是热带的人，
我们的胸中总是秋冬般的平寂。
燕子说，南方有一种珍奇的花朵，
经过二十年的寂寞才开一次。——
　　这时我胸中觉得有一朵花儿隐藏，
　　它要在这静夜里火一样地开放！

冯至
原名冯承植。诗人、学者，曾任中国社会科
学院外国文学研究所所长。

📖 我们胸中那秋冬般的平寂

文｜张海龙

　　南方入夜迅疾，北方黄昏漫长，两地时长不一，所以感受不同。

　　冯至曾被鲁迅评价为"中国最优秀的抒情诗人"。冯至是北方人，在他笔下，在他眼中，"南方的夜"自然是"陌生风景"——燕子讲述着静夜，芦苇蒸发着情热，湖水倒映大熊星，花朵廿年始绽放……诗人在二十四岁时写下了这首新诗，其实是借南方意象直抒北方胸怀。诗中意象颇有古典之风，心中气象却是现代感觉。最精彩的诗句自然是最后一段："总觉得我们不像是热带的人，/我们的胸中总是秋冬般的平寂。/燕子说，南方有一种珍奇的花朵，/经过二十年的寂寞才开一次。——/这时我胸中觉得有一朵花儿隐藏，/它要在这静夜里火一样地开放！"

　　显然，寂寞如南方的夜，点燃了诗人的心火。写下此诗，正应和了中国古代"幸甚至哉，歌以咏志"的传统。年轻诗人要迈开脚步，去探索自己的边界，所以才要"火一样地开放"。

　　在写下这首诗的第二年，即1930年，冯至留学德国。他先后就读于柏林大学、海德堡大学，于1935年获得海德堡大学哲学博士学位。读诗亦是读人，将这样的经历与诗篇并置阅读，就能看出一线强劲的血脉。显然，这位诗人本身亦是哲人，所以他才会远赴德意志探寻心中的道德律以及头顶的灿烂星空。

　　或者，用诗人自己的意象来比喻——诗就是他心中的热带，而哲学却是心中的秋冬。热烈与平寂就这样在其一生中"百感交集"。

天真的诗篇

乡愁

余光中

扫一扫，
聆听给孩子的诗
朗读者：梁增田

小时候
乡愁是一枚小小的邮票
我在这头
母亲在那头

长大后
乡愁是一张窄窄的船票
我在这头
新娘在那头

后来啊
乡愁是一方矮矮的坟墓
我在外头
母亲在里头

而现在
乡愁是一湾浅浅的海峡
我在这头
大陆在那头

余光中
作家、诗人、学者、翻译家，被誉为文坛的
"璀璨五彩笔"。其诗作《乡愁》《乡愁四
韵》和散文《听听那冷雨》《我的四个假想
敌》等收录于中小学语文课本。

看得见山，望得到水，记得住乡愁

文 | 张海龙

"日暮乡关何处是？烟波江上使上愁。"

在中国文化传统里，这种"近乡情更怯"的柔弱因其无从化解反而产生了诗意。台湾流民迁入的历史大背景，更加强化了这种无处不在的集体乡愁。在那座孤岛上，每个人都是"异乡人"，每个人都有一座"归不得的家园"。如余光中在《乡愁》中浅唱低吟："乡愁是一湾浅浅的海峡/我在这头/大陆在那头。"

时光冲刷之下，诗歌慨叹之中，乡愁由哭号转为审美。所谓艺术，原本就是一场庄严的葬礼，在不断的告别中感知痛苦，也让生命在更迭淘洗中更具价值。所谓"乡愁"，就是上路时无人祝福的茫然失措，我们流离失所再也回不到故乡。我们向曾经的生活之美行庄重的注目礼，哪怕今天的一切都已破败不堪。台湾摄影家阮义忠说：故乡早已面目全非，照片就是回不去的家。当我们无数次"望故乡"，其实就是想要寻回那种"失落的优雅"。

"看得见山，望得到水，记得住乡愁"这句充满诗意的话，却也与粗糙的现实形成巨大反差。不过，中文本身就是所有中国人的精神故乡。当我们用诗意去描摹生活之时，也就相当于一次又一次"归乡"。

天真的诗篇

断章

卞之琳

你站在桥上看风景，
看风景人在楼上看你。

明月装饰了你的窗子，
你装饰了别人的梦。

扫一扫，
聆听给孩子的诗
朗读者：钱柏仲

卞之琳
曾用笔名季陵、薛林等。诗人、文学评论
家、翻译家。新月派和现代派的代表诗人。

楚门的世界

文 | 张海龙

　　你看风景却又成为别人的风景，每个人在自己的生活中都是隐秘的演员。

　　这首短诗自问世以来，就被反复多重解读，有说是表现人生的悲欢，有说是表达"观看"的多元角度，有说是人生如戏不知何时出戏。而作者曾说："一首抒情诗是以超然而珍惜的感情，写一刹那的意境。人可以看风景，也可能自觉、不自觉地点缀了风景；人可以见明月装饰了自己的窗子，也可能自觉不自觉地成了别人的梦境的装饰。"

　　如果你看过美国电影《楚门的世界》，或许能更深入地理解这首诗。因为电影中的楚门生活在巨大的布景之中，他生来就是演员，父母朋友都是演员，爱情也是必需的情节，而他却一无所知。可当他知晓真相的那一刻，世界就崩塌下来，他撞破布景冲出片场，可那也只是被设计好的情节。他的生活始终被观看被设计，我们的生活又是怎样？

我想

高洪波

扫一扫，
聆听给孩子的诗
朗读者：凌燕

我想把小手
安在桃树枝上，
举一串花苞
牵万缕阳光
悠呵，悠
悠出声声春的歌唱。

我想把脚丫
接在柳树根上，
伸进湿软的土层
汲取甜美的营养
长呀，长
长成一座绿色的篷帐。

我想把眼睛
装在风筝上，
看白云多柔软
看太阳多明亮
望呀，望
蓝天是我的课堂。

我想把我自己
种在春天的大地上，
变小草，绿得生辉，
变小花，开得漂亮。
成为柳絮和蒲公英
更是我的愿望。
我会不停地飞翔
飞到遥远的地方。

不过，飞向遥远的地方
要和爸爸妈妈商量商量……

高洪波
笔名向川。诗人、散文家，中国作家协会全
国委员会委员，现任中国作家协会副主席。

天真的诗篇

文 | 张海龙

　　这是一首写给孩子的诗，用"我想"去抵达万物，用"我想"去唤醒初心。诗人高洪波写过许多儿童诗，也写下了自己的纯真年代。有种说法是，每个孩子都是通灵者，他们本身就掌握着"语言的炼金术"。只不过，如果不加珍惜，这种性情可能转瞬即逝。

　　所以，诗人北岛甚至用了整整三年时间编撰了一本《给孩子的诗》，作为送给自己的儿子兜兜和所有孩子们的礼物。在他看来，让孩子天生的直觉和悟性，开启诗歌之门，理当越年轻越好。

　　这首《我想》的最可贵之处就在于"天真"，在于那种无所顾忌的"孩子气"，在于"想象无界"。

生活的颜色

曾卓

扫一扫，
聆听给孩子的诗
朗读者：蒋海滨

一个小朋友问我：生活是什么颜色？

有时是闪闪桂冠的银色
有时是长夜漫漫的黑色
有时是飞腾火焰的红色
有时是阴霾天空的灰色
有时是浩瀚大海的蓝色
有时是无垠沙漠的黄色
有时是夏日森林的绿色
有时是黄昏薄暮的紫色
……
我无法告诉你生活是什么颜色
我不能想象生活只是单一的颜色
它旋转着，旋转着向前
闪射着灿烂的彩色

曾卓

原名曾庆冠。诗人，原武汉市文联、文协副
主席。

生活真的有颜色吗?

文 | 俞国娣

　　"生活有颜色吗?"如果我是一个小读者,我一看题目就会问这个问题。这首诗,小朋友一定很喜欢!当然,他们的父母也一定会很喜欢这首诗。

　　生活是什么颜色?我们该如何去理解呢?用诗人的眼睛去看世界,世界就这样有了情绪,有了态度,变得浪漫,变得美好。用诗人的眼睛去看生活,生活是立体的,是有节奏的,充满意境的。可是,用小朋友的眼睛看生活,生活又是怎样的呢?短短的诗歌告诉我们,用诗人的眼睛和小朋友的眼睛一起看,生活竟然可以这么具体,这么直观,而又这么意犹未尽!

　　第一遍读它,生活丰富多彩、绚丽无比!这么多颜色,拿起画笔画一下?嗯,好嘞!画吧,灿烂的生活调色盘就摆在了眼前!

　　最得人心处,便是诗歌中的这个省略号了!小朋友读着读着就会把这个省略号读满。他们会顺着思路,一个一个地写下去。于是生活就有了活生生的感受。一首小小的诗能带着孩子们体会生活并且认识生活,这多么好啊!我带着低年级的孩子们读这首诗,孩子们说开了,"生活就是蚕宝宝一扭一扭的银白色""生活就是足球场上的绿茵茵"……生活就是这么美好!

　　第二遍大声地朗读,生活的颜色很科学、很真实!沙漠就是黄色的,夏日森林就是绿色的……是啊,生活就是这个样子的!"六一"节热闹非凡当然就是飞腾火焰的红色啦!唉,心情不好时,记住了生活免不了"阴霾天空的灰色"。

　　"它旋转着,旋转着向前",是啊,生活就是这样旋转着旋转着向前,生活就像永动机一样,它是不会停下来的。正因为它的永不停息,才会如此灿烂迷人!诗的最后四行,是我最喜欢的。慢慢地咀嚼,这不一定是写给孩子的诗,也是写给我们家长的诗。因为这一部分,我们可以把它归入生活哲理诗。这样的诗读多了,我们的孩子就会像哲学家一样地思考问题。嗯,这一部分,估计会引起大孩子们的思绪万千!明天的课堂上,我准备给六年级的学生读这首诗,想象一下生活旋转着、旋转着的颜色。

春的消息

金波

扫一扫，
聆听给孩子的诗
朗读者：丝缘

风，摇绿了树的枝条，
水，漂白了鸭的羽毛，
盼望了整整一个冬天，
你看，春天已经来到！

让我们换上春装，
像小鸟换上新的羽毛，
飞过树林，飞上山岗，
到处有春天的欢笑。

看到第一只蝴蝶飞，
它牵引着我的双脚；
我高兴地捕捉住它，
又爱怜地把它放掉。

看到第一朵雏菊开放，
我会禁不住欣喜地雀跃，
小花朵，你还认得我吗？
你看我又长高了多少！

来到去年叶落的枝头，
等待它吐出新的绿苞；
再去唤醒沉睡的溪流，
听它唱歌，和你一起奔跑。

走累了，我就躺在田野上，
头顶有明丽的太阳照耀。
是谁搔痒了我的面颊？
啊，身边又钻出嫩绿的小草……

金波
原名王金波。儿童文学作家，中国作家协会
儿童文学委员会委员，北京市作家协会理
事，儿童文学创作委员会主任。

读一首诗，做一回天使

文 | 俞国娣

"春风又绿江南岸""春江水暖鸭先知"。背诵了很多古诗，我推荐你读一读"风，摇绿了树的枝条，/ 水，漂白了鸭的羽毛"。金波爷爷的诗就和他的童话故事一样，这首《春的消息》可读，可人。

是谁告诉你春天来了？春的消息是谁发布的？让我们一起走进《春的消息》。就是这伸展出来的绿枝条，还有这浮在水面上的白鸭子，告诉了我们春天来了。顺着春天，我们一路飞翔。于是，一幅幅春景图展现在我们面前。翻飞的蝴蝶、盛开的小花，还有唱歌的小溪流，一路奔跑，一路歌唱，春天就这样和我们一起盛开了。特别是挠我痒痒、刚钻出地面的嫩绿的小草，哈哈，那种顽皮劲儿，特别讨人怜爱！春天，跳动起来了，奔跑起来了，飞翔起来了！谁是春天？诗歌里展现的一景一物全都是春天。

《春的消息》，诗歌里写到的情与景、人与事，全都是熟悉的场景，读诗就成了一种生活的回放，把记忆里的东西都掏出来，用这种美好的方式掏出来。比如，闭上眼睛，听小伙伴大声地朗读这首诗，发现这首小诗里住着一个天使，是他把这个春天都搅动起来了！这个天使就是"我"——写诗的金波爷爷和读诗的小朋友，都是最最可爱的小天使。你看：换上春装、飞过树林和山岗，追蝴蝶、捉蝴蝶、放蝴蝶，哎哟哟，一路游戏很春天的模样！和雏菊去打个招呼，和小溪流去赛跑……我们一路报告着春的消息，我们就成了春"天"的"使"者，这就叫"天使"呢！

读诗最好的办法就是把自己融进诗歌里。我们就用这样的方法来读《春的消息》。一首小诗，读着读着，读出一个春天；一首小诗，读着读着，自己也变成了快乐天使！

斯人

昌耀

扫一扫，
聆听给孩子的诗
朗读者：老洪

静极——谁的叹嘘?

密西西比河此刻风雨，在那边攀缘而走。
地球这壁，一人无语独坐。

昌耀
原名王昌耀。诗人。

多重时空观的生命表达

文 | 郭建强

  1985年5月31日，年近五十岁的昌耀，在青海西宁写下这首被许多人视为诗人代表作的短诗时，他可能听到了命运的一种叹嘘，感受到了生命与生命之间跨越关山重阻的神秘关联，并且隐秘地呈现了个体的状态和整体存在之维。这首诗，将斯人——诗人——昌耀和东半球——青藏高原——西宁，设置于一个宏观的场域。从而，在时间中展示了一种花瓣重叠般的时空观。在重叠的某一点，显示了爱因斯坦所说的"光在大质量客体处弯曲"的一种时空并置的复调式的生命直觉和存在感。

  这三行诗歌呈现的地理，冲开了各种日常的物理性障碍，隐约地显示了一种多重宇宙观。昌耀的《斯人》在地球（地理）层面展现了多重宇宙，诗中的斯人一为叹嘘者，一为无语独坐者，一为诗人自己（正在执笔描绘前两者），一为正在阅读此诗的你或我，还有一个是在字词背后、为我们无法目睹却能感受的创造者——物理学称之为基本粒子，生物学称之为基因，人们习惯称呼为大地（母亲），诗人蓝波称之为元音。

  昌耀的《斯人》的叠折时空，使多重时空中的河流在澂澄的球体中对流互映，深含着人类历史上一直被追问的命题：在多重时空中我是谁？"而生也有涯"在多重时空中究竟有什么意义？斯人之孤绝，和"独钓寒江雪"的银钩铁钓参差仿佛。

  再读这首诗，博尔赫斯的镜子、庄周的梦蝶、赫拉克利特的河流、屈子式的天问，都在这声叹嘘和独坐中闪现，发出回响。在多重时空中，斯人昌耀和西宁成为一种并置形态，已经成为这种言说中的一环。

天真的诗篇

在天晴了的时候

戴望舒

扫一扫，
聆听给孩子的诗
朗读者：丝缘

在天晴了的时候，
该到小径中去走走：
给雨润过的泥路，
一定是凉爽又温柔；
炫耀着新绿的小草，
已一下子洗净了尘垢；
不再胆怯的小白菊，
慢慢地抬起它们的头，
试试寒，试试暖，
然后一瓣瓣地绽透；
抖去水珠的凤蝶儿
在木叶间自在闲游，
把它的饰彩的智慧书页
曝着阳光一开一收。

到小径中去走走吧，
在天晴了的时候：
赤着脚，携着手，
踏着新泥，涉过溪流。

新阳推开了阴霾了，
溪水在温风中晕皱，
看山间移动的暗绿——
云的脚迹——它也在闲游。

戴望舒
中国现代派象征主义诗人、翻译家。主要作
品：《雨巷》《我的记忆》等。

如此美好的一天

文 | 张海龙

　　诗人通灵，许多境遇全都感同身受。

　　如戴望舒，会在天晴时想要去小径上走走；如海子，会在春暖花开时想要面朝大海；如米沃什，会发现这是多么美好的一天，雾一早就散了……

　　所谓感同身受，那些看在眼里的风景当然与心情有关，也因为诗人笔触所向而各有不同。戴望舒如同古代诗人，直接在意象中对接心境，他的诗与"接天莲叶无穷碧，映日荷花别样红"并无多少不同，重点呈现那种"委身于幸福的偶然性"；海子则在一场深沉的醉意后醒来，他渴望被温暖的母体包裹，那种憧憬其实与哀怨有关，是得不到才向往的呼喊与细语；而米沃什写那首诗时已是垂垂老者，他经历了这世上所能经历的一切，没有痛苦，也无所谓欢乐，是时候为自己送上一份特别的礼物了，所以他"直起腰来，看见蓝色的大海和帆影"。

　　读诗如同旅行，那些抵达之谜，每个人都有不同的谜底。因为你的经历就是密钥，只有你才能读得懂每个字每行诗的意思，而那里分明就是人生的迷宫路线。

灿烂平息

骆一禾

这一年春天的雷暴
不会将我们轻轻放过
天堂四周万物生长，天堂也在生长
松林茂密
生长密不可分
留下天堂，秋天肃杀，今年让庄稼挥霍在土地
　　　　　　　　　　我不收割
留下天堂，身临其境
秋天歌唱，满脸是家乡灯火：
这一年春天的雷暴不会将我们轻轻放过

骆一禾
与西川、海子并称为"北大三诗人"。曾任北
京《十月》杂志编辑。

春去也

文 | 张海龙

立夏刚过，春去也。

立夏是农历二十四节气第七个节气，也是夏季的第一个节气，表示孟夏时节的正式开始。斗指东南，维为立夏，万物至此皆长大，故名立夏。

立夏之"夏"是"大"的意思，是指春天播种的植物已经直立长大了。古代，人们非常重视立夏。在立夏这一天，古代帝王要率文武百官到京城南郊去迎夏，举行迎夏仪式。

今天读诗的主题，是为纪念在春天里早逝的诗人骆一禾。1989年2月，在北大未名湖畔，诗人海子的挚友、北大诗人"三剑客"之一的骆一禾写下了这样两句诗：

这一年春天的雷暴
不会将我们轻轻放过

这两句诗如同谶言：一个月后，海子在山海关卧轨身亡；再过两个月，为处理海子身后事心力交瘁的骆一禾本人，也忽然脑出血倒地，十八天后不治身亡。这真的是雷暴不会轻轻将我们放过的季节：诗人的悲情面孔之上重叠着我们所有人悲欣交集的表情。

海子的光环太大，几乎淹没了骆一禾，骆一禾是一个被严重低估的诗人。和他曾经力推的诗人昌耀一样，在几十年的漫长时间里几乎无人提起。时隔很多年之后，我在西湖之畔遇见了骆一禾的妹妹丁一平，说起当年往事历历在目，恍若就在昨天。

诗人不死，只是凋零。而诗在一直生长。

春去也，春也会再来。

从前慢

木心

扫一扫，
聆听给孩子的诗
朗读者：涛声悠扬

记得早先少年时
大家诚诚恳恳
说一句是一句

清早上火车站
长街黑暗无行人
卖豆浆的小店冒着热气

从前的日色变得慢
车，马，邮件都慢
一生只够爱一个人

从前的锁也好看
钥匙精美有样子
你锁了人家就懂了

木心

原名孙璞。作家、画家。主要作品：诗集
《云雀叫了一整天》，小说集《温莎墓园日
记》等。

📚 但愿每个生命都不虚此行

文 | 吕达

物质的飞速发展，把灵魂丢在了后面。每一天都匆忙而过，忘记了头顶还有一片期待我们用目光去温热、去为之动容的天空；忘记了河流默默流过城市、小区、山寨，而不惊动我们；花朵为谁开放，蝴蝶为谁振翅，鸟儿为谁歌唱；山川为悦谁的眼目而躬起脊背……人类生而念旧，总是渴望朴拙。我们匆忙长大，长大后又无数次渴望能回到幼年的纯真。到这个时候，才知道错过了多少美景，错过了多少真心，多少温情。

大智的木心说从前"一生只够爱一个人"，是多么扎心啊！看看处于高科技、高速发展的现代社会中的"我们"，爱恨来得快，消失得更简单。感情的投入理应是一生的事业，感受和享受上天赐予我们每一天的生命，理应是我们一生的事业。这首诗歌或许可以帮助少年人确立自己对待时间乃至对待世界的正确观念。返璞归真是一条智慧之路，也许很漫长，但愿我们每个生命都不虚此行。

感谢

汪国真

扫一扫，
聆听给孩子的诗
朗读者：云的女儿

让我怎样感谢你
当我走向你的时候
我原想收获一缕春风
你却给了我整个春天

让我怎样感谢你
当我走向你的时候
我原想捧起一簇浪花
你却给了我整个海洋

让我怎样感谢你
当我走向你的时候
我原想撷取一枚红叶
你却给了我整个枫林

让我怎样感谢你
当我走向你的时候
我原想亲吻一朵雪花
你却给了我银色的世界

汪国真
诗人、书画家。1990 年开始，担任《辽宁青
年》《中国青年》《女友》的专栏撰稿人。

赞美生命的丰盈和世界的阔远

文 | 郭建强

    汪国真轻浅的吟唱，是很能拨动少男少女的心的。这首《感谢》语言浅显，句式简单，以一种谦卑的姿态，赞美生命的丰盈和世界的阔远。

    全诗分为四节，依照春夏秋冬的次序，展示生命在不同阶段的状态，表达的是对于永远大于自己祈求的某种厚重深远的爱和回馈的感恩。

    诗歌的每节起始一句，带着泰戈尔、纪伯伦式的语调，一种生命降临、开始感知自我和世界的感觉，扑面而来。获得生命的"我"，没有想到生命本身和处身其间的世界，会是那样宽阔、丰富和五彩斑斓。因此，四节排比诗行，从四个方面，表达的是同样的一种情感：那就是当面对一个大于自我并且毫无保留地施恩于自我的对象时，大家都会流露出的那种感恩、感谢和感动。

    读者也可以把"我走向你"，理解为我们走向亲情、友情，或者爱情。在人类的这种情感生活中，我们常常会在没有充分心理准备的情况下，得到远高于自己所需求的馈赠。人之善和人之爱，由此通过事件传递和情感传递，成为构成社会的基础，并且鼓励所有的人继续传播爱的光芒。

回答

北岛

扫一扫，
聆听给孩子的诗
朗读者：梁增田

卑鄙是卑鄙者的通行证，
高尚是高尚者的墓志铭。
看吧，在那镀金的天空中，
飘满了死者弯曲的倒影。

冰川纪过去了，
为什么到处都是冰凌？
好望角发现了，
为什么死海里千帆相竞？

我来到这个世界上，
只带着纸、绳索和身影，
为了在审判之前，
宣读那些被判决的声音：

告诉你吧，世界，
我——不——相——信！
纵使你脚下有一千名挑战者，
那就把我算做第一千零一名。

我不相信天是蓝的；
我不相信雷的回声；
我不相信梦是假的；
我不相信死无报应。

如果海洋注定要决堤，
就让所有的苦水都注入我心中；
如果陆地注定要上升，
就让人类重新选择生存的峰顶。

新的转机和闪闪星斗，
正在缀满没有遮拦的天空，
那是五千年的象形文字，
那是未来人们凝视的眼睛。

北岛

原名赵振开。朦胧诗代表人物之一，民间诗
歌刊物《今天》的创办者。主要作品：《回
答》《一切》。作品被译成20余种文字。

我们诵读这首诗，一定出于骄傲！

文｜张海龙

　　古有屈原《天问》，今有北岛《回答》。放在大历史的时间轴上来聆听，这首诗堪称掷地有声的铿锵之作，也因此确定了其划时代的价值。诗人北岛，生于1949年，与祖国同龄，曾经带着母语这"唯一的行李"游历世界。半生之后，终又回到香港这个"岛屿"定居。

　　他的漂泊，和他的诗一样，都是不假思索的"回答"，都是异口同声的"我不相信"。诗人以其倔强以及怀疑，走在了时代前面，所以这清楚有力的诗句才在最初会被命名为"朦胧诗"，这实在是最大的误读。

　　因为感情的沉郁顿挫，也因为被广泛传播之后的"过度阐释"，这首短短的诗其实并不好理解。但显然，当看到"告诉你吧，世界，/我——不——相——信！"时，长久驻留在我们身体里的一个坚定的声音迸裂而出。在这个喧哗与骚动的时代，我们诵读这首诗，一定出于骄傲！

一天

张定浩

扫一扫，
聆听给孩子的诗
朗读者：金姝明

天亮了为什么还要睡觉
我难以回答这样严肃的
问题，只好听任你起身
把昨夜读过的书一本本
重新翻过，再赤足下床
去摇醒困意无限的房间。
必须提到喷泉你才愿意
漱口，必须杜撰出一篇
有关小虫子的骇人寓言，
你才会把牙齿交给牙刷。
梳洗罢，你要自己挑选
好看的衣裳，要我带你
去吃早饭，然后满世界
转转，看你草地上奔跑，
树荫下玩耍，立在千条
栏杆之外，等孔雀开屏。

中午，我们手拉手回家，
我只会做简单的蛋包饭，
你并不挑食，也不介意
我的厨艺，只要我耐心
面对你翻来覆去的提问，
你会认真记住我最初的
回答，我自己也要认真
记住。这就像一场考试，
你是我正在努力完成的
不能涂改的试卷，激励
我，也检验我；外面的
风旗飘扬，江水也奔流，
一天正慢慢过去，你是
我走过的迷宫中的道路。

张定浩
《上海文化》杂志社编辑，中国现代文学馆第
三届客座研究员。获"2013青年批评家年度
表现奖"。

珍贵的一天

文 | 刚杰·索木东

"天亮了为什么还要睡觉"，这是一个难以回答的严肃的问题吗？

也许是，也许不是。但这绝对是一个孩子童真的眼睛里，没有被人世的"复杂"所浸染的、不需要任何答案和论据的问题。

诗人张定浩就从这样一个简单而无法回答的问题入手，来书写早起的打着赤脚的满屋子寻找存在感的孩子，在翻遍书本和无聊的短暂晨光之后，决定摇醒睡意蒙眬的父亲，一起开始又一天平常而精彩的生活。

于是，作为诗人的父亲，和作为父亲的诗人，离开梦境，马上进入了孩子的空间和思维，他用喷泉和虫子引导孩子去愉快地漱口、刷牙，他用草地和阳光，带孩子走进惬意的陪伴和温润的时光。

这些，看起来简单，可是做过父母的人都知道，做起来其实很难很难！而如果我们弯下身子，站到孩子的高度上，你就会发现"一天正慢慢过去，你是/我走过的迷宫中的道路"。

唯有孩子能带我们跨越所有的鸿沟！是的，孩子的世界是单纯无邪的，给孩子的承诺和耐心也只需要单纯无邪。当然，写给孩子的诗歌，也必须且只需单纯无邪。所以，任"风旗飘扬"，任"江水奔流"，为人父的诗人们，唯一要做的，就是把文字还给文字，把诗歌还给诗歌。

这，就是这首诗歌的可贵之处——它摒弃了所有的手法和技巧，忘记了所有的深邃和哲思，让文字回到了文字本身。

这，应该就是诗歌的本源，文学的本源。

天真的诗篇

一束年轻的光

吴重生

一束年轻的光出现时
这个世界停电了
今天这个日子
带有青铜的光泽
成片静止的时光
霎时复活

我说梁上有冰
天地因黑暗而光明
我说马上有金
世界为你的疾驰让出道路

你出现
含着微笑
于是我们有了创世纪的烛光

吴重生
诗人，中国作家协会会员，浙江日报北京分
社社长。著有诗集《你是一束年轻的光》。

扫一扫，
聆听给孩子的诗
朗读者：孙全

📖 你是一束年轻的光

文 | 许春波

　　三个段落，十三行诗句，读后却能让人感受到细细的一束光，会带来一种庞大的希望，那种年轻所蕴含的朝气。这束"光"，让我们会不由自主地将心地展平，如将大地细细耕作。

　　诗人运用紧凑的语言，看似无关联的叙述，恰恰收到一种出其不意的效果，也就是艺术所强调的留白。这种留白给读者以广阔的想象空间，会让读者随着诗人的文字去暗自思忖："这个世界停电了"为何会"带有青铜的光泽"？"我说梁上有冰"，也会带给读者一些疑问：冰从何而来？是不是这束年轻的光，于无边的黑暗里，照到梁上挂满的时间？"天地因黑暗而光明"，这里有无限的空间想象，好的诗歌，会带给读者这样奇妙的感觉，只有在黑暗里，光才会无限珍贵，能让人产生时间明亮、万物即将焕然一新的勃勃希望，郁郁生机。

　　这是厚重的、宽阔的生命体验，会让读者体味到一种无以言说的感觉，催人奋进。诗人用"一束年轻的光"这一重要的意象，围绕光的出现进行深度的铺展和挖掘，带给我们的是黑暗的来临、时间的流逝，更重要的是曙光、希望还有未来。朗读起来，有震撼的力量，在读完之后更有一种回音。

　　这首诗愿意将光的希望与众人分享，每个人会成为照亮自己前行的那一束年轻的光。从此，希望相随，光明相依。

想兰州

娜夜

扫一扫，
聆听给孩子的诗
朗读者：潘洗尘

想兰州
边走边想
一起写诗的朋友

想我们年轻时的酒量　热血　高原之上
那被时间之光擦亮的：庄重的欢乐
经久不息

痛苦是一只向天空解释着大地的鹰
保持一颗为美忧伤的心

入城的羊群
低矮的灯火

那颗让我写出了生活的黑糖球
想兰州

陪都　借你一段历史问候阳飏　人邻
重庆　借你一程风雨问候古马　叶舟
阿信　你在甘南还好吗？

谁在大雾中面朝故乡
谁就披着闪电越走越慢　老泪纵横

娜夜

出版诗集多部，曾获人民文学奖、天问诗人
奖、"新世纪十佳青年女诗人"称号等。2005
年，《娜夜诗选》获第三届鲁迅文学奖。

富有西部特色的壮美诗篇

文｜刚杰·索木东

《想兰州》，是诗人娜夜写给老友们的一首诗。身为诗人、第三届鲁迅文学奖得主的她，曾经在兰州生活、写作。后来，她去了重庆。

兰州，是母亲河唯一穿城而过的省会城市，也是古丝绸之路上的重镇。兰州一名，源自黄河南岸高耸的皋兰山。皋兰，一说是匈奴语音译，"天山"的意思；一说是羌藏语音译，意为"黄羊之路"。凡此种种，都注定了在汉文化、伊斯兰文化、藏文化等多民族文化交相辉映下的金城兰州，作为一个"旱码头"式的西部边城，成为文化上的"漂移地带"的宿命。也注定了，这种无可替代的"漂移感"，恰恰就是兰州特殊的文学气质。

娜夜诗中提及的阳飏、人邻、古马、叶舟和阿信等人，都是生活在兰州及周边的60后著名诗人。在这片土地上，诗人们以独有的多元文化背景为底蕴，书写着富有西部特色的壮美诗篇——比如叶舟笔下"入城的羊群"，比如古马笔下"低矮的灯火"，比如娜夜笔下"生活的黑糖球"，还比如高居甘南高原的阿信笔下的青藏苍茫……这一切，都让这片土地上的诗人们，在苍劲的坚守和久远的游离中，一遍遍寻找着文字和生命的皈依。

时光推移，诗人们在时光里逐渐老去。这个时候，你就会发现，"莫道前路无知己，天下谁人不识君"，表达的并不是一种豪迈，而恰恰是一种无奈。

这个时候，诗人们那颗敏于常人的心，就会为寂寞之美而忧伤。

这个时候，唯一感到欣慰的，就是在边走边想中，回味那些被时间之光擦亮了的诗歌和面孔。

这个时候，那些年轻烂漫的记忆，也已经蜕变成为生命中所有"庄重的欢乐"。

这个时候，诗人们也就只能做一只"向天空解释着大地的鹰"，把痛苦的影子和恬淡的感悟，都化为一句句朴素而简洁的问候，把满腹的心酸和不舍，都奉献给贫瘠而丰厚的大地，奉献给辽远而空旷的宇宙。

天真的诗篇

吉勒布特的树

吉狄马加

扫一扫，
聆听给孩子的诗
朗读者：姜林杉

在原野上
是吉勒布特的树

树的影子
像一种碎片般的记忆
传递着
隐秘的词汇
没有回答
只有巫师的钥匙
像翅膀
穿越那神灵的
疆域

树枝伸着
划破空气的寂静
每一片叶子
都凝视着宇宙的
沉思和透明的鸟儿

当风暴来临的时候
马匹的眼睛
可有纯粹的色调？
那些灰色的头发和土墙
已经在白昼中消失

树弯曲着
在夏天最后一个夜晚
幻想的巢穴，飘向
这个地球更远的地方

这是黑暗的海洋
没有声音的倾听
在吉勒布特无边的原野
只有树的虚幻的轮廓
成为一束：唯一的光！

吉狄马加
现任中国作家协会党组成员、书记处书记、
副主席。

吉勒布特原野上的光

文 | 吴重生

　　诗人把树比喻为火把，因为火把不但能够传递光，而且能够传递爱和温暖。吉勒布特的树，是一种象征。有时候，它很有力量，能够划破空气的寂静；有时候，它很诡秘，成为人类幻想的巢穴。而它的轮廓，已经成为不可见的虚幻，跟无边的原野融为一体；有时候，它很多情，弯曲着，在夏天最后一个夜晚，静候你的到来。

　　在诗人的眼里，树，并非以孤独的意象而存在：每一片叶子都凝视着宇宙的沉思和透明的鸟儿。在自然界，树是静物，而在诗人的眼里，通过树，看到了马匹的眼睛，以及那些已经在白昼中消失了的灰色头发和土墙。诗人以神奇的想象力，为我们勾画了一把巫师的钥匙，通过这把钥匙，我们得以穿越那神灵的疆域，抵达比地球更远的地方。

　　全诗为我们营造了一种肃穆、神圣的氛围。语言轻盈，意象丰富，寓意深刻，展示了作者高超的艺术水平。

天真的诗篇

父亲和我

吕德安

扫一扫，
聆听给孩子的诗
朗读者：孙嵘

父亲和我
我们并肩走着
秋雨稍歇
和前一阵雨
像隔了多年时光

我们走在雨和雨的间歇里
肩头清晰地靠在一起
却没有一句要说的话

我们刚从屋子里出来
所以没有一句要说的话
这是长久生活在一起
造成的

滴水的声音像折下一支细枝条
像过冬的梅花
父亲的头发已经全白

但这近乎于一种灵魂
会使人不禁肃然起敬

依然是熟悉的街道
熟悉的人要举手致意
父亲和我都怀着难言的恩情
安详地走着

吕德安
诗人，画家。著有《南方以北》《顽石》。

📖 幸福的常态

文 | 徐兆寿

　　从"爸爸"到"父亲"，一个是口语，一个是书面语，不曾经意我们是在什么时候转变了称谓，如此庄严地称呼，但正是这样的转变才意味着生命对生命的体认与尊重。

　　诗人曾长期生活于福建，又是一位画家，于是，雨的意象便成为书写"我"与父亲的重要特征。雨就是我们的日常生活，我们曾经长久地在雨中行走，倾听过树枝被折断的声音。这似乎没什么好谈的。雨也与父亲一样变成亲人了。

　　但诗人突然间看见了父亲的白发，这该怎么办呢？是辛酸地流泪？还是慨叹生活的易逝？都不是。男人与男人间的体认，更应当是一种成熟的智慧，所以诗人表达了敬意。

　　最后，诗人又一次进入世俗生活的描摹，也许，只有如此恒常的世俗之道才是生命的常态。这也是幸福的常态。

时间是一把剪刀

汪静之

扫一扫，
聆听给孩子的诗
朗读者：梁增田

时间是一把剪刀，
生命是一匹锦绮；
一节一节地剪去，
等到剪完的时候，
把一堆破布付之一炬！

时间是一根铁鞭，
生命是一树繁花；
一朵一朵地击落，
等到击完的时候，
把满地残红踏入泥沙！

汪静之

作家、诗人。与潘漠华、应修人、冯雪峰创
立中国现代文学史上最早的新诗团体——湖畔
诗社。

时间去哪儿了?

文 | 吴重生

这首诗非常形象地描绘了时间和生命的关系。

为何要用"时间之剪",去剪"生命之绮"?为何要用"时间之鞭",去击"生命之花"?作者没有细说。他只是描述客观事实,展现生命的过程。时间的无情,生命的美好,在诗人看似随意的叙述中,形成了一种强烈的对比。剪去和击落,构成了一种时间和空间的关系。

全诗没有晦涩的语言,没有高深的说教,却有一种震撼人心的力量。

阳光中的向日葵

芒克

你看到了吗
你看到阳光中的那棵向日葵了吗
你看它，它没有低下头
而是在把头转向身后
它把头转了过去
就好像是为了一口咬断
那套在它脖子上的
那牵在太阳手中的绳索

你看到它了吗
你看到那棵昂着头
怒视着太阳的向日葵了吗
它的头几乎已把太阳遮住
它的头即使是在没有太阳的时候
也依然在闪耀着光芒

你看到那棵向日葵了吗
你应该走近它
你走近它便会发现
它脚下的那片泥土
每抓起一把
都一定会攥出血来

芒克
朦胧诗的代表诗人之一，与北岛共同创办文
学刊物《今天》，并出版了处女诗集《心
事》。1987年与唐晓渡、杨炼组织了"幸存
者诗歌俱乐部"，并出版刊物《幸存者》。主
要作品：诗集《阳光中的向日葵》。

闪耀着光芒的向日葵

文｜徐兆寿

　　阅读这首诗，能感到诗人的愤怒几乎要喷出头顶。于是，我们不禁要问，它写于什么时候？它为什么要对哺育它的太阳产生愤怒。所以，这是一首矛盾的诗，也是一首值得去讨论的诗。

　　从中国人的古典诗学来讲，这显然不是一首从古典传统沿袭下来的现代诗，而是一首西方诗歌和精神哺育起来的现代诗。在中国古典传统那里，道法自然是最高境界。太阳是生命之源，向日葵是因为受到太阳的照耀才长成，才有了光芒，是应当感激太阳和天地的。但是，现在，它要割断这生命的脐带，要向哺育过它的太阳造反。这究竟是为什么呢？

　　于是，我们很容易会查到，这首写于1983年的诗表达了对过去一个时代曾有的极左思想的批判。同时，我们也能看到这首现代性诗歌与中国古典诗学传统的极大不同。

炸裂志

陈年喜

扫一扫，
聆听给孩子的诗
朗读者：薛峰

早晨　头像炸裂一样疼
这是大机器的馈赠
不是钢铁的错
是神经老了　衰弱不堪

我不大敢看自己的生活
它坚硬　炫黑
有风镐的锐角
石头碰一碰　就会流血

我在五千米深处打发中年
我把岩层一次次炸裂
借此　把一生重新组合

我微小的亲人　远在商山脚下
他们有病　身体落满灰尘
我的中年裁下多少
他们晚年的巷道就能延长多少

我身体里有炸药三吨
他们是引信部分
就在昨夜
我岩石一样　炸裂一地

陈年喜
在外打工并写诗多年，在《诗刊》等杂志发
表诗作若干。

用诗去炸裂生活

文 | 诺布朗杰

陈年喜当了十五年爆破工人，以这首《炸裂志》成名诗坛，并得名"炸裂诗人"。

陕北、河南、青海、新疆……杳杳深山，荒无人烟，他却在那里不停"炸裂"。孤寂只是一方面，这个工作又苦又危险，在几千米甚至几万米的地下，高温高湿的环境里，把机器和炸药带入一条窄窄的巷道，打眼、爆破，陈年喜能用最少的炸药，最少的炮眼，打出最干净整齐的巷洞。

死伤在这里是寻常事。共事过的炮工中，牛二失去了两根手指一条肋骨；老李被炸断了一条腿；杨在处理残炮时，被燃烧缓慢的炸药炸成血雾……他们不只是睡在一个帐篷，每天一起吃饭、工作的兄弟，"他们好像就是我自己"。那些伤与痛都憋在心里，无人诉说，陈年喜就把这些生活写在诗里，并在2010年开通博客，把诗歌发表在网上。

2013年年底，陈年喜在河南内乡一个银矿接到弟弟电话：母亲查出食道癌，晚期。陈年喜恨不得立刻飞回去，可家里现在最需要的不是他，是钱。他只能留在矿上，谁也没告诉。一夜无眠，他写下这首流传很广的《炸裂志》。

上有老、下有小的陈年喜，他炸裂的不仅仅是五千米深的岩层，更用身体里的"炸药三吨"炸裂生活的坚硬、炫黑。

相信未来，热爱生命

食指

扫一扫，
聆听给孩子的诗
朗读者：孙玥

当蜘蛛网无情地查封了我的炉台
当灰烬的余烟叹息着贫困的悲哀
我依然固执地铺平失望的灰烬
用美丽的雪花写下：相信未来

当我的紫葡萄化为深秋的露水
当我的鲜花依偎在别人的情怀
我依然固执地用凝霜的枯藤
在凄凉的大地上写下：相信未来

我要用手指那涌向天边的排浪
我要用手掌那托起太阳的大海
摇曳着曙光那枝温暖漂亮的笔杆
用孩子的笔体写下：相信未来

我之所以坚定地相信未来
是我相信未来人们的眼睛
她有拨开历史风尘的睫毛
她有看透岁月篇章的瞳孔

不管人们对于我们腐烂的皮肉
那些迷途的惆怅、失败的苦痛
是寄予感动的热泪、深切的同情
还是给以轻蔑的微笑、辛辣的嘲讽

我坚信人们对于我们的脊骨
那无数次的探索、迷途、失败和成功
一定会给予客观、公正的评定
是的，我焦急地等待着他们的评定

朋友，坚定地相信未来吧
相信不屈不挠的努力
相信战胜死亡的年轻
相信未来，热爱生命

食指

原名郭路生。朦胧诗代表人物，被当代诗坛誉
为"朦胧诗鼻祖"和"新诗潮诗歌第一人"。

相信未来

文 | 许春波

诗人食指，原名郭路生。在二十岁的时候，他写出了这首诗，是开辟一代诗风的先驱者。

在诗人北岛的回忆里，1970年早春，他和另外两个同班同学，在北京颐和园昆明湖的船上，其中一个同学史康成为大家朗诵郭路生的诗歌，就是《在你出发的时候》，还有《命运》。那个瞬间，北岛受到极大刺激，"当时就被镇住了"。当时他还在写旧体诗词，正是那个时代"知识青年"的时髦，受毛泽东诗词的影响，加之上山下乡的处境，思乡怀旧，书信唱和。听到郭路生作品后，他发现新诗更自由。一首诗真的改变了他的一生。

全诗构思巧妙。前三节提出该"相信未来"，后面写出了为什么要"相信未来"，在结尾，呼唤尘世的人们要带着对未来的信念去赢得自己灵魂的飞升。诗里有深刻的思想、有优美的意境、更有朗朗上口的流畅。语言质朴，而意蕴深刻；性格鲜明，又令人折服。是呀，我们该如何生活？奔波在人世的条条路途，是什么在指引我们步步前行，我们又要到哪里去？当我们渴望和憧憬着光明的未来，或为理想和光明而奋斗挣扎之时，我们到底该如何定义未来？

诗人"在凄凉的大地上写下：相信未来""用孩子的笔体写下：相信未来"，这给我们心灵一种深深的震撼。当我们行走在茫茫黑暗之中，这无异射来的一道强光，提醒我们从苦难里寻找希望，在黑暗里种植光明。

在结尾，是诗歌最高潮，诗人大声疾呼，鼓舞人们"相信不屈不挠的努力/相信战胜死亡的年轻/相信未来，热爱生命"。他告诉我们，在逆境中，甚至在无边的黑暗中，我们也要坚定生活并且坚守灵魂。我们可以向黑暗与苦难宣战，因为诗歌是我们最锋利最强大的武器。只要"相信未来"，胜利就一定属于我们！

我的微信生活

潘洗尘

扫一扫,
聆听给孩子的诗
朗读者:潘洗尘

我要买10部手机
再注册10个微信号
然后　　建一个群
失眠的时候
好让自己　　和另外的一些自己
说话

清明节　　少小离家的我
不知到哪儿去烧纸
就把祖父和祖母　　外公和外婆
一起接到群里……

潘洗尘
诗人,《诗歌EMS》周刊和《读诗》《译诗》
《评诗》主编,天问诗歌艺术节主席。

📖 我们曾经体面而温暖地活着

文 | 陈智博

　　早在诗人潘洗尘写这首诗之前，微信、微博就已成为我们最重要的社交手段之一了。古人写文章讲究"三上"，即马上、枕上、厕上也。而今天人们玩手机，可不只是"三上"之功。只要有时间，就掏出手机自拍，刷微博、朋友圈。走在大街上，低头族盛行，甚至开车的时候还要低头回消息。还有人把这种成瘾现象起了一个名字，叫作"社交网络综合征"。

　　《查令十字街84号》里曾写道："一旦交流变得太有效率，不再需要翘首引颈、两两相望，某些情意也将因而迅速贬值不被察觉。"手机让相隔万里的沟通成为可能，但又让人们的心理距离无限地拉开。如今，人们习惯了在手机上跟一个个活生生的人沟通，却要亲眼看见一座座孤岛。微信好友越来越多，朋友圈越来越性感。但能当面说话的机会却少了，能面对面说真心话的朋友就更少了。在古代，日色变得慢，车、马、邮件都慢，用来沟通的书信经过纸笔、手掌、邮路和时光的婆娑而闪闪发亮，收集起来就是颗颗珍珠。而今天，即时通信让沟通廉价，很多聊天记录沦为表情包记录，实在"不忍卒读"！

　　科技要做的不是改变生活，而是要改善生活。不幸的是，很多时候却是连"改变"都谈不上！《摩登时代》里将卓别林卷入其中的装着巨大齿轮的机器已经改头换面，变得小巧可爱，而凶猛异常。

　　古人讲要"不为物役"。你知道吗？在这些工具诞生之前，我们曾经体面而温暖地活着。

第三辑

少年的诗

时间去哪儿

凌优格

时间像一个小画家，
当我出生时，
在我脸上画出了头发和小牙齿，
让我有一张可爱的小脸

时间像小河里的水
流啊流
带着成群的鱼儿虾儿，
一起来到了宽阔的大海

时间像一条小船
随着河流
从起点游到终点
不怕困难勇敢地向前

时间天天陪着我们
陪我们度过困难，快乐
和一些万万意想不到的事

时间过得真快呀！

凌优格
8岁的小姑娘。

扫一扫，
聆听给孩子的诗
朗读者：凌优格

📖 时间的意义

文 | 郑重

时间，对于成人和孩子来说，它的意义有什么不同吗？

"我还想再多玩一会儿！"

"明天我就可以去公园玩儿了！"

"睡觉的时间还没到呢！"

"我想过一会儿再起床！"

有时候，孩子会希望时间过得慢一些，有时候又渴望时间变得快一些。还记得小时候盼望春游时的心情吗？

时间可以为我们带来什么？小朋友们，你有想过吗？

小作者——凌优格就认真思考了这个问题，在我们花时间去坚持一件事情的时候，它能够给我们带来非常宝贵的经历和体验。通过长时间的积累，才能够从量变达到质变。时间的流逝可以告诉我们，真正想要的是什么！

希望孩子在有限的宝贵时间里，能够去尝试新鲜的事物，也能够坚持自己的追求和梦想。

夜晚

顾笑如

扫一扫，
聆听给孩子的诗
朗读者：顾笑如

夜晚在晚霞过后，
来到天空操场。
他身穿一条黑色长袍，
骑着那匹黑色千里马，
在天空操场上，
骑了一圈又一圈。

他那黑色长袍，
把世界染得乌黑乌黑。
他那月牙形王冠，
变成了天上的月亮。
他那黑色千里马的金色马蹄，
变成了天上的星星。

谁也不知道他骑了几圈才停下，
但我知道，
他在太阳出来的时候，
会回家。

顾笑如
杭州市文三街小学学生。

关于夜晚的想象力实验

文｜张海龙

　　都说想象力会随着年龄增长而逐渐丧失，因为这个世界会越来越具体而不好玩儿。那就让我们看看一个孩子的天真想象吧。

　　在这个小学生眼睛里，夜晚是个骑手，身穿黑色长袍，骑着黑色骏马，每天都会出来绕着操场跑圈。而夜晚就是这样一圈一圈慢慢来临的，直到太阳出来，骑手才会回家睡觉。

　　写诗需要想象力，诗人需要像个孩子那样触摸这个世界，才能写出让我们目瞪口呆的诗行。比如，诗人布罗茨基就曾这样写过一匹黑马：

　　它无法与黑暗融为一体，/不是因为它白，/恰恰是因为它黑，/它比黑还"黑"/我不记得比它更黑的物体。/它的四脚黑如乌煤，/它黑得如同夜晚，如同空虚。

　　你瞧，诗人最重要的是要说出一些与众不同的话。而孩子通灵，经常让我们吃惊不小。

月光

张语嫣

扫一扫，
聆听给孩子的诗
朗读者：张语嫣

月亮一如往常升起，
那一束光照在大地上，
我们是背后发光的人。

那束光亮得耀眼，
它是带着天空的力量而来的吗？

希望是的，
我不要翅膀，
只要永远拥有月光照亮。

张语嫣
七年级开始写诗，著有诗集《背后发光的人》。

光也是一枚种子

文 | 叶舟

坦白讲，我不必去评说她的每一行诗。

我唯一能做的，就是站在不远处，钳口，静心，不惊扰她，不干涉她，任她独自起舞，花落莲出。或者，我还能做到的，就是带着艳美的心情，听她话语三千，嫣然缤纷，如同自己的女儿一般。我断然不能像那个无知的陛下一样，以为自己穿了一身新衣，被当众喊出来，即便她指认的是我们背后的光。

背后发光的人！

这恰恰就是《诗经》的气息，是"蒹葭苍苍，白露为霜"的某个早上，也是"远在彼兮，旦夕以待"的某个黄昏。在一个个澄明的时刻，人类的身上布满了光晕，打算和天地拥抱，与万物称兄道弟。

那些发光的人，和现在的张语嫣同学一样，试着命名，学着辨识。

其实，光也是一枚种子，等待破土、萌芽、抽枝散叶，而后怒放。

张语嫣亦不例外。祝福她！

树

郁颜

扫一扫，
聆听给孩子的诗
朗读者：潘黎

我长得不会那么快
你还来得及
凑上来环抱，还可以在我身后十指相扣
春天来了，也可以围坐在我身边一起聚聚餐
吃吃喝喝，有说有笑
一阵风吹来，摇响满树的叶子
我也会忍不住发出声音

一眼望去，整个园子里
都站满了树
它们都活得好好的
有一天，前尘往事果真成了云烟
死亡却是如此美好
跟随四季轮回，生生不息

假如有一天，你也躺下了
要么，也化成一抔灰
埋于树底，也顺便埋下一生的阴影

期待它慢慢长出你的气息和血脉
你还可以爬到枝头和叶片上
观看日出日落，云聚云散
天下起雨时，也自然不用撑伞

郁颜
原名钟根清。中国作家协会会员。

树会记住许多事

文 | 张海龙

　　和树比起来，人的一生实在过于短暂。树蔑视地球引力，会一直向上生长，会长几百年甚至几千年，而人长不出三万个昼夜更替，就开始颓然倒地，和泥土混为一体了。树还小的时候，人能轻易抱住它甚至折断它。可是，树一天天长得高大起来，人就只能仰望它，就再也不能动摇它分毫。除非，人用刀斧甚至电锯去伐倒一棵树，但消失的树会是我们生活中永远的缺陷。没有了树的荫蔽，我们就像裸身行走在荒野上，说不出来的紧张与慌乱。

　　一棵树活得足够长久，所以树会记住许多事。生活在新疆的作家刘亮程，长久地关注大地上的事物，他这样不紧不慢地写下来："如果我们忘了在这地方生活了多少年，只要锯开一棵树（院墙角上或房后面那几棵都行），数数上面的圈就大致清楚了。树会记住许多事。其他东西也记事，却不可靠。譬如路，会丢掉（埋掉）人的脚印，会分岔，把人引向歧途。人本身又会遗忘许多人和事。当人真的遗忘了那些人和事，人能去问谁呢？"

　　正因为树能记住许多事，所以值得为树写下一首诗。在郁颜的诗行里，"你"和树一起生长，一直都活得好好的。直到有一天，你成了一抔灰烬，被埋于树底，成了大地上周而复始的一部分，你才真正和树融为一体，从此不再惧怕自然中的风雨雷电，只把这一切当作无尽的滋养。

请求

郑玛丽

扫一扫，
聆听给孩子的诗
朗读者：安娜

妈妈，请放开你
春天一样温暖的手
让我独个在坎坷的路中
磕磕碰碰向前走。
别担心我会跌跤
即使摔破细嫩的皮肉
我也不会拉着你的衣角哭泣
在阳光或风雨里浑身发抖！

妈妈，请您相信
我不是一只胆小的狗
在一次次摔跤之后
肩挑泰山也走得过九十九条沟。

妈妈，亲爱的妈妈
请松开您慈慧的手
让我踩着坚实的土地
与一切困难一切胜利交朋友

抱住小皮球颤颤巍巍地走进水中。
嗬，浮起来啦！
哎哟，手一滑皮球游走了，
吸了一鼻子的水，
啊，啊，啊，阿嚏！

郑玛丽
资料不详。

妈妈永远是对的

文 | 张海龙

　　孩子们刚刚长大就想离家出走，他们以为那样才是真正的长大成人。

　　郑玛丽这首小诗《请求》说的就是这种小情绪，孩子请求妈妈放开手，就像马请求放开缰绳，就像雨请求放开云朵，就像船请求放开风帆。那种对自由的想象很美好，所以那种单纯的请求也很美好。

　　女儿给我推荐了她喜欢的绘本《逃家小兔》，那也是个很可爱的"请求"故事。小兔子想要离家出走，它对妈妈说："我要逃跑啦。""不管你逃到哪儿，"妈妈说，"我都会紧紧跟着你，谁让你是我的小宝贝呢？"于是，小兔和妈妈开始"捉迷藏"。小兔子一会儿变成鱼，一会儿变成风；兔妈妈就一会儿变成渔夫，一会儿变成大树。总之，无论小兔子逃到哪里去，妈妈总会出现在它身边。妈妈的惦记可以以各种形象出现，因为妈妈知道小兔子所有的"请求"，那就是妈妈从前曾经想过和做过的啊。

　　生活的确如此，一代代人来来往往，"请求"也层出不穷。只是那些内容本质上并无什么不同，超不过一颗母亲的心。不管怎样，妈妈永远是对的。不信你就试试。

如梦令

鹿鸣

（先秦）佚名　选自《诗经·小雅》

扫一扫，
聆听给孩子的诗
朗读者：方菊芬

呦呦鹿鸣，食野之苹。
我有嘉宾，鼓瑟吹笙。
吹笙鼓簧，承筐是将。
人之好我，示我周行。

呦呦鹿鸣，食野之蒿。
我有嘉宾，德音孔昭。
视民不恌，君子是则是效。
我有旨酒，嘉宾式燕以敖。

呦呦鹿鸣，食野之芩。
我有嘉宾，鼓瑟鼓琴。
鼓瑟鼓琴，和乐且湛。
我有旨酒，以燕乐嘉宾之心。

📖 回到诗的源头

　　此诗是《诗经·小雅》首篇，是一首周王宴请群臣宾客的乐歌，全篇都以周王祝酒的口吻摹写。在古代，国君宴请宾臣是一种礼仪，《小雅·鹿鸣》正是适用于这一场合的乐歌。演奏这样的乐歌，既可以明君臣之礼，也可以营造礼乐交融、君臣共济的氛围。全诗三章，皆以鹿鸣起兴。鹿是一种仁兽，象征着祥瑞和乐，故《毛诗》注云："鹿得苹，呦呦然相呼，恳诚发乎中，以兴嘉乐宾客，当有恳诚相报呼，以成礼也。"

　　野鹿呦呦欢鸣，啜食野田青苹；贤能宾客满座，快快将那宝瑟玉笙奏鸣。诗一开始，欢快的呦呦鹿鸣声，就带来一种融洽欢乐的气氛。鹿鸣人欢，主诚客敬，句式整齐中又小有错落，每层各有侧重，欢饮和睦的主题逐渐得到了深化。首章是写宴会开始，器乐初奏，周王赏赐群臣，向臣宾垂询治国的大道。二章宴会渐入佳境，贤能的宾客满座，德行如日月之昭明，周王树立起为群臣仿效的光辉榜样。三章欢宴至于高峰，琴瑟和鸣，美酒甘冽，宾主融洽，欢乐更深，君臣浑然一体。全诗各章呼应，诗意递进，复沓中见曲折，庄重中见欢快。作为乐歌，又富于音乐美，如果把全诗比作一支乐曲，一二三章分别起、承、收，结构完整。在句式上四言为主，六言为辅。在用韵上，首尾呼应，中章变化，读来悦耳优美。

　　曹操曾在《短歌行》中直接将《鹿鸣》的前四句放入己作，可见此诗影响深远。值得一提的是，《鹿鸣》层迭以进，将宴会进程与周王对臣宾训示融为一体，比《国风》中绝大部分篇章构思更加精细，可以看到文人加工的迹象。在先秦时，《鹿鸣》逐渐由周王飨宴群臣的专用乐歌，发展成为贵族宴饮，乃至更广泛用于宴宾的歌曲。

221
如梦令

江南

(汉) 佚名

扫一扫，
聆听给孩子的诗
朗读者：杨晨

　　江南可采莲，莲叶何田田，鱼戏莲叶间。鱼戏莲叶东，鱼戏莲叶西，鱼戏莲叶南，鱼戏莲叶北。

📖 得大欢喜

文 | 赵晓辉

　　此为汉乐府作品。汉代乐府古辞，最早来自民间的街陌谣讴。换言之，《江南可采莲》这种乐府诗，最早是在民间巷陌口耳相传，经乐府采集整理后，才被记录保存下来，有了相对稳定的文本形式。这首诗最早见载于《宋书·乐志》，取首句两字题作《江南》，或称《江南可采莲》《江南曲》。《宋书》卷二十一《乐志三》、《乐府诗集》卷二十六将其归入"相和"歌辞。余冠英先生认为"鱼戏莲叶东"以下可能是和声，因相和歌本来就是一人唱多人和的。所以，诗中大量运用重章复沓式的诗句结构，也就不足为奇了，此种形式，有古代民歌的朴素悠然，同时也便于歌唱传播。

　　"江南可采莲，莲叶何田田"，此处"田田"何解？有说是形容荷叶漂浮于水的样子，也有解释认为是荷叶茂盛相连的样子。江南春夏时节，凡有水处，皆可见荷叶亭亭、茂盛如盖的景致。古之题咏采莲之诗，数量不少："涉江采芙蓉，兰泽多芳草。采之欲遗谁，思之在远道。"（唐欧阳询《艺文类聚》引）晋傅玄诗曰："度江南，采莲花。芙蓉晔，若星罗。绿叶映长波，回风容与动纤柯。"又梁吴均《采莲诗》云："锦带杂花钿，罗衣垂绿川。问子今何去，出采江南莲。"皆有风致，但都不及此诗朴素清新，意趣悠然。后四句摹写鱼儿在莲叶间南北东西游动，更显活泼灵动。此种句式复沓而略变化字句的写法，令人联想到《诗经》的写法，也感受到采莲人内心纯真自然的欢乐。

归园田居·其三

（晋）陶渊明

扫一扫，
聆听给孩子的诗
朗读者：方菊芬

种豆南山下，草盛豆苗稀。
晨兴理荒秽，带月荷锄归。
道狭草木长，夕露沾我衣。
衣沾不足惜，但使愿无违。

陶渊明

字元亮，又名潜。东晋末至南朝宋初期诗
人、辞赋家。他是中国第一位田园诗人，被
称为"古今隐逸诗人之宗"。

过自己选择的生活

文 | 赵晓辉

　　《归园田居》共五首，约作于晋安帝义熙二年丙午，时年陶渊明五十五岁。上年冬十一月，渊明辞彭泽令，归隐田园。此诗写春耕，当是次年归隐所作。这首诗写早出晚归的劳动生活，以及诗人躬耕田园的真切感受。田园生活虽苦，诗人也未见得善于耕耘，可这首诗里有难得的真情真意，给人以自然浑厚之感。

　　"种豆南山下，草盛豆苗稀。"起句平淡，读来略觉无奈，草盛豆稀，也许是诗人初归田园，不会种田所致？但综合《归园田居》第一首来看，有"开荒南野际"之句，由此而知，南山下的土地是归园以后新开垦的，新地不适合种别的庄稼，只好种些豆类。尽管豆子比杂草还要稀少，可是付出的劳动仍是艰辛的。

　　早晨起来便去锄草，披着月光才扛锄归来。事虽艰苦，可画面却极美，"带月荷锄归"尤妙，寥寥五字，意境盎然。李白有诗云："暮从碧山下，山月随人归。"意境相似，相较之下，陶诗更多了一些踏实劳动带来的宁静充实。此时，天色已晚，回家的路上，小径狭窄，草木旺盛的生长，证明了蓬勃的春意。这和田中那稀稀拉拉的豆苗相比，实在茂盛得不像话。傍晚露水凝结于上，道路显得越发狭窄，不由沾湿了我的衣裳。

　　他边走边思索，露水也打湿了衣襟。最后，在思索中，也许有过微妙的犹豫，但他坚定了自己的信念：衣沾不足惜，但使愿无违。他宁愿选择这样艰苦的田园生活，而这种选择，表露了初离尘网、重事稼穑的兴致，也显示出其品性的高洁。质朴的语言，白描的写法，有类笔记，却折射出丰富微妙的心理以及诗意静谧的乡村景象。

春江花月夜

（唐）张若虚

扫一扫，
聆听给孩子的诗
朗读者：祝一君

春江潮水连海平，海上明月共潮生。
滟滟随波千万里，何处春江无月明。
江流宛转绕芳甸，月照花林皆似霰。
空里流霜不觉飞，汀上白沙看不见。
江天一色无纤尘，皎皎空中孤月轮。
江畔何人初见月？江月何年初照人？
人生代代无穷已，江月年年只相似。
不知江月照何人，但见长江送流水。
白云一片去悠悠，青枫浦上不胜愁。
谁家今夜扁舟子？何处相思明月楼？
可怜楼上月徘徊，应照离人妆镜台。
玉户帘中卷不去，捣衣砧上拂还来。
此时相望不相闻，愿逐月华流照君。
鸿雁长飞光不度，鱼龙潜跃水成文。
昨夜闲潭梦落花，可怜春半不还家。
江水流春去欲尽，江潭落月复西斜。
斜月沉沉藏海雾，碣石潇湘无限路。
不知乘月几人归，落月摇情满江树。

张若虚
初唐诗人。以《春江花月夜》著名。与贺知
章、张旭、包融并称为"吴中四士"。

春江潮水，万古明月，孤篇横绝

文 | 赵晓辉

　　此诗作者张若虚，唐代扬州人，其人一生行事不彰。迄今为止，只有两处资料提到他的生平，一则在《旧唐书》贺知章传里，二则见于《新唐书》包佶传，约略可知张若虚是扬州人，曾任兖州兵曹，与贺知章、张旭、包融一起被誉为"吴中四士"。贺知章是初唐著名诗人，张旭是大书法家，二者皆是杜甫《饮中八仙歌》中的重要人物。相形之下，张若虚的名气远不及贺知章与张旭。查《全唐诗》，只有两首张若虚的诗，除《春江花月夜》外，另外一首为《代答闺梦还》，此首语言绮丽，平仄谐适，但尚未脱尽齐梁诗的脂粉气。然而，令人惊奇的是，张若虚拥有这首被后人称为"孤篇横绝，竟为大家"（王闿运语）的《春江花月夜》，足以使他在那个天才辈出的年代里占有一席之地。

　　春天的江水，水面高涨，江海不分。明月从东方冉冉升起，恰遇涨潮，一个人远远地从水边望去，会有一种诗意的错觉：明月仿佛从海潮中涌现。"月之精生水，是以月盛而潮涛大。"月亮，这阴性的事物，将我们引领入了一个明月当空、潮水涌动的诗意之境，而月光更让人产生一种玉洁冰清、如梦如幻的不真实感。

　　但是，如果单写这春江花月的景象，在佳作纷呈的古典诗词传统中，未见得有多出色。"江畔何人初见月？江月何年初照人？/人生代代无穷已，江月年年只相似。"在永恒的宇宙和循环往复的自然面前，诗人像惊讶的孩童一样发出疑问：谁是第一个看见月亮的人？月亮从什么时候开始照耀人间？这是人类在自然面前发出的永恒疑问，也使诗歌上升到了究天问理的哲学高度，而又始终出之以审美诗意的语言。

　　白云一片，悠悠而去，青枫浦上送别之人不胜愁苦，用"扁舟子"和"楼头妇"对照，显示两地相思。那一轮可爱的明月在高楼之上徘徊，此时此刻，它应该照在闺中思妇的妆镜台上吧？月光似乎成了有情之物，挥遣不去。最后落月西斜，摇动我满腔缭乱的离愁别思，伴随着残月余晖散落在江边树林。这一段梦境与实境交织，把月夜将尽、春光流逝的惆怅烘托得缠绵悱恻。最后几句，天将晓，和诗开始的春江潮水与明月初生形成了完美呼应。

将进酒

（唐）李白

扫一扫，
聆听给孩子的诗
朗读者：闫飞

君不见黄河之水天上来，奔流到海不复回。
君不见高堂明镜悲白发，朝如青丝暮成雪。
人生得意须尽欢，莫使金樽空对月。
天生我材必有用，千金散尽还复来。
烹羊宰牛且为乐，会须一饮三百杯。
岑夫子，丹丘生，将进酒，杯莫停。
与君歌一曲，请君为我倾耳听。
钟鼓馔玉不足贵，但愿长醉不复醒。
古来圣贤皆寂寞，惟有饮者留其名。
陈王昔时宴平乐，斗酒十千恣欢谑。
主人何为言少钱，径须沽取对君酌。
五花马，千金裘，呼儿将出换美酒，与尔同销万古愁。

李白
字太白，号"青莲居士"，又号"谪仙人"。
被后人誉为"诗仙"，与杜甫并称为"李杜"。

太白作诗，但用胸口一喷

文 | 赵晓辉

《将进酒》是一首古题乐府诗，原是汉乐府短箫铙歌的曲调。将进酒，请饮酒之意，多写豪饮酣畅及劝酒之词。此诗是唐代伟大的浪漫主义诗人李白在开元二十四年秋从山西归洛阳时所作，也是借酒抒怀的千古名篇。乍读之下，未免给人以颓废放旷、忧愤交织之感，但此种颓放，正是和强烈的生命热情和率真进取的精神交织在一起的，在情调上又给人以酣畅淋漓之感。

全诗开篇即气势宏大，夺人耳目，犹如海浪袭来："君不见黄河之水天上来，奔流到海不复回。/君不见高堂明镜悲白发，朝如青丝暮成雪。"无非是生命短暂，岁月难再的感慨，却猝不及防将人掀翻在地。何以解忧？唯有饮酒。在金樽对月的豪饮中，饱含着"天生我材必有用，千金散尽还复来"的非凡自信，这是明朗飞扬的少年精神，也是赤子之心，虽然怀才不遇，却又锐意进取。

其后，诗人继续召唤好友共饮："岑夫子，丹丘生，将进酒，杯莫停。"在一片劝酒声里，在反复吟唱之间，撼人心弦的诗句如海浪般层层涌现。"古来圣贤皆寂寞，惟有饮者留其名"，"五花马，千金裘，呼儿将出换美酒"，千金散尽，只图一醉，何至于此，只为与尔同销万古愁。全诗放旷豪迈，活化了傲岸不羁、感性丰沛的诗人形象。宋代诗评家严羽曾说过："盖他人作诗用笔想，太白但用胸口一喷即是，此其所长。"

山居秋暝

（唐）王维

扫一扫，
聆听给孩子的诗
朗读者：梁增田

空山新雨后，天气晚来秋。
明月松间照，清泉石上流。
竹喧归浣女，莲动下渔舟。
随意春芳歇，王孙自可留。

王维

字摩诘，号"摩诘居士"。唐代诗人、画家，
有"诗佛"之称。

📖 这个诗人最喜欢的字：空

文 | 赵晓辉

　　《山居秋暝》是唐代诗人王维晚年在蓝田辋川所作，主要写山居而见的秋日暮色溟蒙的景象。值得一提的是，此诗全无诸多古典诗词悲秋的萧森气象，而是代之以一种明净自然的秋日风调。王维诗中喜用"空"字，"空山不见人，但闻人语响""山路元无雨，空翠湿人衣""人闲桂花落，夜静春山空"等，皆给人一种空灵宁静，尽得禅悦之感。空山新雨过后，一阵凉意，日暮时分让人感到了秋意。置身静谧山中，一切尘嚣都远了。

　　"明月松间照，清泉石上流"，天色已暗，明月当空，朗照松间。雨后松林，空气十分新鲜，汩汩清泉，流于石上，何其静谧幽远。诗人置身于这静态澄明的景象中，忽而听见竹林间传来的一阵喧哗笑语，那是洗衣的姑娘们三三两两归来。荷叶在水面摇动，渔民划着小船，轻轻摇动了水面。在人物出现之前，就有了"竹喧""莲动"，使画面灵动有致，又与首二联的静谧景象相互映衬。

　　最后，诗人慨叹：春日芳菲，不妨任凭它消歇散去。秋日山中，王孙自然可以留恋久驻。《楚辞·招隐士》说："王孙兮归来，山中兮不可久留。"诗人在这里反用其意，表现对山居岁月的恬淡流连之感。近人高步瀛评此诗云："随意挥写，得大自在。"

新婚别

（唐）杜甫

扫一扫，
聆听给孩子的诗
朗读者：高峰

兔丝附蓬麻，引蔓故不长。
嫁女与征夫，不如弃路旁。
结发为君妻，席不暖君床。
暮婚晨告别，无乃太匆忙。
君行虽不远，守边赴河阳。
妾身未分明，何以拜姑嫜？
父母养我时，日夜令我藏。
生女有所归，鸡狗亦得将。
君今往死地，沉痛迫中肠。
誓欲随君去，形势反苍黄。
勿为新婚念，努力事戎行。
妇人在军中，兵气恐不扬。
自嗟贫家女，久致罗襦裳。
罗襦不复施，对君洗红妆。
仰视百鸟飞，大小必双翔。
人事多错迕，与君永相望！

杜甫

字子美，自号"少陵野老"。被后人称为"诗
圣"，与李白合称"李杜"，他的诗被称为
"诗史"。

忧从中来，不可断绝

文 | 赵晓辉

《新婚别》是唐代伟大的现实主义诗人杜甫所作的新题乐府组诗"三别"之一，此诗作于唐肃宗乾元二年，距"安史之乱"发生已过去数年，连年兵燹，民不聊生。杜甫目睹了战争给人民带来的深重灾难，由此而写下这样感人至深的诗篇。

这首诗所写的是一位新婚女性即将与奔赴战场的丈夫告别之事。"乐莫乐兮新相知，悲莫悲兮生别离"，在残酷的战争面前，新婚失去了它应有的喜庆祥和，而代之以一种悲凉沉郁的情调。全诗以新妇口吻娓娓道来，开篇起兴，以"兔丝附蓬麻，引蔓故不长"，引出嫁女与征夫的悲剧氛围。作为一个女性，暮婚晨别，她哀叹这离别如此匆忙。古代婚礼，新嫁娘过门三天，要先告家庙、上祖坟，然后拜见公婆，正名定分，才算成婚。而婚礼未成，怎样拜见公婆呢？她回忆往事，未出嫁时曾受父母疼爱，嫁人之后有所归属，孰料转瞬之间，这幸福就成了痛切：眼睁睁只能看着丈夫走向死地。她想要随丈夫奔赴战场，又深深忧虑兵气不扬。最后，她强打精神，勉励丈夫从军，以"罗襦不复施，对君洗红妆"的誓言，表达一片忠贞，激励丈夫全心全意去杀敌。诗的最后，又以比兴作结，茫茫天地，仰视百鸟，皆是双宿双飞，以此来反衬新妇的凄苦，使读者忧从中来，不可断绝。

此诗代拟女性口吻，托兴深婉，一个秉性醇厚、善良多情的贫家女子形象跃然纸上。难能可贵的是，篇中饱含诗人对女性心理细腻深入的体察。同时，诗人也有家国大义的思量：勿为新婚念，努力事戎行。肺腑之言，读来感人至深。

白雪歌送武判官归京

（唐）岑参

扫一扫，
聆听给孩子的诗
朗读者：蒋海滨

北风卷地白草折，胡天八月即飞雪。
忽如一夜春风来，千树万树梨花开。
散入珠帘湿罗幕，狐裘不暖锦衾薄。
将军角弓不得控，都护铁衣冷难着。
瀚海阑干百丈冰，愁云惨淡万里凝。
中军置酒饮归客，胡琴琵琶与羌笛。
纷纷暮雪下辕门，风掣红旗冻不翻。
轮台东门送君去，去时雪满天山路。
山回路转不见君，雪上空留马行处。

岑参
唐代诗人。长于七言歌行，现存诗三百六十
首，其边塞诗尤多佳作。

📖 最豪迈的送别诗

文｜赵晓辉

岑参是盛唐时代边塞诗数量最多、成就最突出的诗人之一。其摹写边塞景物的诗篇，多作于诗人在安西（今新疆吐鲁番西）节度判官任上。这类诗气势雄伟，词采瑰丽，诗心独运，奇语天成，本诗更是其中压卷之作。

首二句写西北边塞北风卷地，一夜袭来铺天盖地。这风来得既迅疾又凌厉，冬雪转瞬渫漫人间。"忽如一夜春风来，千树万树梨花开"，大雪纷飞，一片银装素裹，原本萧瑟凋零的树木，却好像与春风再次相逢，千条万树尽情绽放素洁幽白的梨花。然而，春日梨花毕竟是幻觉，身处苦寒之地，转瞬之间，狂风卷宕雪花，冲入珠帘罗幕，打湿帐篷。地冻天寒，狐裘锦衾也不能暖和身体。寒夜里，将军宝弓冷凝难开，铠甲更是冰冷得难以着身。这寒冷让人窒息：瀚海阑干，百丈冰凌，愁云惨淡，万里凝冻。接下来写中军帐中置酒摆宴，送武判官归京，以西域乐器奏乐佐觞，这乐声给寒冷雪夜带来了些许温暖。帐外暮雪纷纷，辕门外的红旗似也被凛冽空气冻住了，畏缩得难以飘展。最后，宴罢话别，送君东门，白雪皑皑，银色迷离，大雪壅塞了去往天山的路，山回路转，武判官的身影最终消失在大雪中。天地间唯余逶迤蜿蜒、深浅交错的马蹄印记。

茫茫白雪，君行已远。全诗造句平易，读来语感有类散文，置酒饯别，声色宛然，胡乐在耳，辕门暮雪，红旗亦冻。此种氛围，没有边塞亲身经历的人，万万写不出来。

忆江南

（唐）白居易

扫一扫，
聆听给孩子的诗
朗读者：梁增田

　　江南好，风景旧曾谙：日出江花红胜火，
春来江水绿如蓝。能不忆江南？

　　江南忆，最忆是杭州：山寺月中寻桂子，
郡亭枕上看潮头。何日更重游？

　　江南忆，其次忆吴宫：吴酒一杯春竹叶，
吴娃双舞醉芙蓉。早晚复相逢！

白居易
字乐天，号"香山居士"，又号"醉吟先
生"。唐代伟大的现实主义诗人，有"诗魔"
和"诗王"之称，与元稹共同倡导新乐府
运动。

📖 唯有旧日子带给我们幸福

文 | 赵晓辉

　　唐代诗人白居易有关江南盛景的诗词，大部分写于官居杭州、苏州的数年间。当他因病卸任回到洛阳后，仍凭着昔年美好的江南记忆，写下了这三首脍炙人口的《忆江南》。

　　那么江南之好，好在何处呢？读词便知其意。一在于风物明丽，鲜艳夺目：日出江花，红胜于火；春来江水，澄碧如蓝。此种写法，设色精工，白居易亦有诗"夕照红于烧，晴空碧胜蓝"（《秋思》），"春草绿时连梦泽，夕波红处近长安"（《题岳阳楼》）等。明丽的景色，好像被情感加上了高度饱和的梦幻滤镜。江南之好，二在于杭州之美。古籍载："杭州灵隐寺多桂。寺僧曰：'此月中种也。'至今中秋望夜，往往子堕，寺僧亦尝拾得。"三秋月夜，桂花香气四溢，细寻之，似有桂子飞坠于桂花影中，真是清幽有味。再者，悠然卧于郡亭枕上，远远看见钱塘潮头翻涌，云卷雪拥，何其惬意与壮丽，人间乐事，莫过于此。江南之好，还在于饮酒观舞之乐，吴酒一杯，春意正浓，吴娃双舞，如醉芙蓉。此情此景，何时重逢呢？

　　数首词，抚今追昔，时空逆挽。身在洛阳，神游江南，唯有旧日子带给我们幸福。昔年游历江南的时光，在暮年已然成了一个绚丽温暖的旧梦。"江南好，风景旧曾谙"，此时的江南，绝非一个简单的地理概念，而是承载了梦幻与深情的人间圣境。

如梦令

望海潮

（宋）柳永

扫一扫，
聆听给孩子的诗
朗读者：于丹

　　东南形胜，三吴都会，钱塘自古繁华。烟柳画桥，风帘翠幕，参差十万人家。云树绕堤沙。怒涛卷霜雪，天堑无涯。市列珠玑，户盈罗绮，竞豪奢。

　　重湖叠巘清嘉。有三秋桂子，十里荷花。羌管弄晴，菱歌泛夜，嬉嬉钓叟莲娃。千骑拥高牙。乘醉听箫鼓，吟赏烟霞。异日图将好景，归去凤池夸。

柳永

原名柳三变，字景庄，后改名柳永，字耆卿，因排行第七，又称柳七。北宋词人，婉约派代表人物。

📖 十七年，和这座城市一起生长

文 | 李豪逸

十七年前，我第一次睁开双眼，发出我人生第一声啼哭，我看见父母欣喜若狂的笑。

十七年前，我第一次看见杭州，它是天使的白色，它是耀眼的光芒和次第而来的生命。

十七年前，我看见那日的空气中江南的花香与鸟语，那是我本该见不到且记不得的，可我确确实实从不知深藏何处的记忆中将它挖掘出来了，带着这座诗意之城特有的想象力。

十七年，我看见白日的云雾藏住了远山的顶峰，我看见西湖的水汽遮蔽了悠闲的游船；我看见起落的波涛闪烁着斜射的阳光，我看见湖畔长椅上坐着相互依靠的恋人。

十七年，我看见夜晚的霓虹照亮了吴山的夜市，我看见雷峰塔黄白交错的灯光迷离了瞭望的视线；我看见印象西湖的射灯点燃了遥远的夜幕，我看见清冷无瑕的月华染白了层层叠叠的荷叶。

十七年，我看见黑白交错的轮回中，那道光与暗的界限反复划过杭州的眉目。我看到她在黄昏时解开白日的素装，也看到她在日出时脱下黑夜的盛装，而唯一不变的是她无缺的容颜：春日柳浪闻莺的碧绿在融融暖风中飘舞，夏日曲院风荷的素荷在悠悠湖光中摇摆，秋季满陇桂雨中清雅的香味在金银的花色中蔓延，冬季断桥残雪上游人的足迹向两侧的堤岸伸展。

十七年，我看见昔日临安与今朝杭州的交错辉映，而坍圮的城墙早已化作无数高楼广厦矗立江畔。在黑夜与白昼的轮回之后，在春秋与冬夏的交替之后，在千年历史的沉淀之后——我看见杭州正在向上生长，挟着痴狂的身影、耀眼的色彩、诱人的芬芳、悦耳的韵律。

十七年，我看见这座城，这座城也看见我——她看见自己的孩子们因她而骄傲的笑容，她看见平凡人那些非凡的中国梦，她看见整个世界对自己的期待，她也看见了世界因她的闪亮登场而欣喜若狂。

十七年，我所经历的全部青春岁月，就是这座城的不老传说。

我看见，我和这座城一起向上生长。

江城子·密州出猎

（宋）苏轼

扫一扫，
聆听给孩子的诗
朗读者：李林虓

　　老夫聊发少年狂，左牵黄，右擎苍。
锦帽貂裘，千骑卷平岗。为报倾城随太
守，亲射虎，看孙郎。
　　酒酣胸胆尚开张，鬓微霜，又何妨！
持节云中，何日遣冯唐？会挽雕弓如满
月，西北望，射天狼。

苏轼
字子瞻，又字和仲，号“铁冠道人”“东坡居
士”，世称“苏东坡”“苏仙”。北宋文学家、
书法家、画家。

关西大汉执铁板

文 | 赵晓辉

这首词是宋代大文学家苏轼脍炙人口的名作。

苏轼在密州所作词，可考者有近二十首，是其宋词创作的重要阶段。他在当时所写的《与鲜于子骏》一信中说："……近却颇作小词，虽无柳七郎风味，亦自是一家。数日前，猎于郊外，所获颇多，作得一阕，令东州壮士抵掌顿足而歌之，吹笛击鼓以为节，颇壮观也。"

这段文字，被视为苏轼有意识革新词体的宣言，在那样一个柳永词大行天下的时代，苏轼反其道而行之，自觉地追求一种"自是一家"的新鲜词风。应当说，此词为苏轼第一首技法成熟的豪放之作，在词学史上影响深远。胡寅《酒边词序》因此盛赞苏词："一洗绮罗香泽之态，摆脱绸缪宛转之度，使人登高望远，举首高歌，而逸怀浩气，超然乎尘垢之外。"

其实，要说到苏轼与柳永词风的差别，有一则小故事最能说明问题。俞文豹在《吹剑续录》中写道：东坡在玉堂，有幕士善讴。因问："我词比柳词何如？"对曰："柳郎中词，只好十七八女孩儿，执红牙拍板，唱'杨柳岸晓风残月'；学士词，须关西大汉，执铁板，唱'大江东去'。公为之绝倒。"

读了这则故事，我们也为幕士的说法拍案叫绝。有关打猎的精彩诗篇，前人已有不少，如王维《观猎》，卢纶《和张仆射塞下曲》六首其二中的"林暗草惊风，将军夜引弓"也脍炙人口。苏轼这首词的好处，在于不仅写了围猎现场，塑造了一个牵黄擘苍的豪杰形象，还将其与备战戍边、誓射天狼联系在一起，结句"会挽雕弓如满月，西北望，射天狼"，格调慷慨激昂，读之令人动容。

如梦令

如梦令·常记溪亭日暮

（宋）李清照

常记溪亭日暮，沉醉不知归路。
兴尽晚回舟，误入藕花深处。
争渡，争渡，惊起一滩鸥鹭。

扫一扫，
聆听给孩子的诗
朗读者：陆鑫慧

李清照
号"易安居士"。宋代女词人，婉约词派代
表，有"千古第一才女"之称。

误入之乐，别有意味

文｜赵晓辉

　　此词盖作于李清照少女时代，一首简单的小令，便可见到女词人笔力不凡。

　　"常记溪亭日暮"，起句昭示了回忆。曾记得，那天天色将晚，在溪亭游玩饮酒，不知不觉间竟然醉了。兴致已尽，全然不知归路。夜幕降临，急忙解缆回船。仓促中，小舟误入荷花丛中，船在荷花丛中打转。糟了，怎么办呢？慌忙划船，夺路急归，忽然之间，惊动了滩边的鸥鸟和白鹭，它们纷纷起飞，消失在暮色之中。而正是这优美文辞的流转和记录，让时间定格，瞬间永恒。

　　我们可以想象女词人有些天真的沉醉之态，那是对溪亭美景的迷恋，也是徜徉山水的自在。一个"误入"，颇见意趣，人生在世，很多不经意的快乐，即缘于一个"误"字。这"误入"的片刻，盖缘于酒兴？诗心？还是因为耽于美景，直至暮晚？总之，她发现了一个全新的开阔的世界，完全不同于深细幽闭的闺阁内室。此情此景，清新野逸，画面感极强，给人耳目一新之感。一群水鸟惊飞四散，引人惊叹，又戛然而止。多年以后，这情境还时常映现在女词人记忆之中。寥寥数语，随意而出，惜墨如金，尺幅虽短却给人无尽美感。

如梦令

晓出净慈寺送林子方

（宋）杨万里

扫一扫，
聆听给孩子的诗
朗读者：玫瑰姐姐

毕竟西湖六月中，风光不与四时同。
接天莲叶无穷碧，映日荷花别样红。

杨万里
字廷秀，号诚斋。南宋文学家、爱国诗人，
与陆游、尤袤、范成大并称"南宋四大家"
（又作"中兴四大诗人"）。

碧荷生辉，红香满纸

文 | 赵晓辉

　　此诗作者杨万里是南宋"中兴四大诗人"之一，杨万里号诚斋，"诚斋体"由此而得名。"诚斋体"讲求"活法"，活泼自然，饶有谐趣，在南宋独树一帜。此诗作于宋孝宗淳熙十四年，当时杨万里任杭州秘书少监，林子方是诗人好友，曾担任直阁秘书，二人常聚在一起谈艺论文，互为知己。此诗作于林子方赴任福州离别之际，既写了西湖盛景，又隐约传达了惜别之意。

　　这组送林子方的诗，原写了两首，作为铺垫与背景，我们先来看看第一首。诗云："出得西湖月尚残，荷花荡里柳行间。红香世界清凉国，行了南山却北山。"清晨走出西湖之时，尚可看到昨夜残月悬于天空，尽收眼底的，是荷塘与柳树，在这样一个红香世界、清凉国度里行走，不知不觉间，诗人与朋友已过了南山，又走到北山。好吧，毕竟西湖六月中，这样写荷花还不过瘾，再来一首。六月里西湖的风景到底和其他时节不一样，也许是一年当中最美的时节，这景色令人赏心悦目：接天莲叶，碧色无穷，一望无际，直与蓝天相接，荷花盛开，亭亭玉立，在阳光辉映下，格外红艳。真美，人间美景，无过于此。

　　这首小诗，寥寥数笔，而使碧荷生辉，红香满纸，读来真有气象万千之感。司空图在《二十四诗品》中说，好诗要"若纳水輨，如转丸珠"，意谓诗意要流转不息，如水轮翻卷，弹丸流转。此种技巧要求，也正与杨万里作诗所追求的"活法"意思相通吧。

题临安邸

（宋）林升

扫一扫，
聆听给孩子的诗
朗读者：蒋海滨

山外青山楼外楼，
西湖歌舞几时休？
暖风熏得游人醉，
直把杭州作汴州。

林升

字云友，又名梦屏。南宋诗人。

暖风沉醉，一声叹息

文 | 赵晓辉

这是一首广为传诵的诗，宋诗选本无不选录。但此诗作者究竟何人，其生平事迹所存史料甚少。经查阅一些地方文献，约略可知：作者林升，字梦屏，浙江平阳县人，约生活在南宋绍兴、淳熙之间，能诗善文。

这是一首题写在临安城一家客栈墙壁上的诗。临安，南宋京城，即今天浙江省杭州市。北宋靖康元年，金人攻陷汴梁，俘虏了宋徽宗、宋钦宗，中原国土悉数被金人侵占。徽宗赵佶第九子赵构逃到江南，即位临安，偏安一隅。于绍兴、淳熙年间，广建明堂太庙，楼台宫殿，君臣纵逸，耽乐湖山，无复新亭之泪。

诗一开始，就让我们听到了一种微妙慵倦的声音。春光骀荡的时节，熏风解愠，景物清和，一切似乎是那样美好。我们在诗句展开的意境中看到：山外青山，楼阁迤逦如画；西湖歌舞，弦歌袅袅不辍。如此耳目声色之娱，何时才能休止？此时此际，西湖边的游人很多，一阵暖风吹来，人们似乎沉醉在一个温香软玉的梦中。

恍惚间，这临时苟安、承平气象的杭州，就好比是当年北宋的汴州（今河南开封）了。而实际上又偏偏不是，于是在众人温软沉醉的梦中，诗人陡然生出家国之忧。

这隐忧是清醒，是觉察，也是不合时宜。短短四句，写尽西湖的繁华美丽，而在这繁华美丽中又别有忧郁沉厚的家国之感。

满江红

（宋）岳飞

扫一扫，
聆听给孩子的诗
朗读者：柴莉莉

　　怒发冲冠，凭栏处、潇潇雨歇。抬望眼，仰天长啸，壮怀激烈。三十功名尘与土，八千里路云和月。莫等闲、白了少年头，空悲切。

　　靖康耻，犹未雪；臣子恨，何时灭。驾长车踏破，贺兰山缺。壮志饥餐胡虏肉，笑谈渴饮匈奴血。待从头、收拾旧山河，朝天阙。

岳飞
字鹏举。宋代抗金名将，军事家、书法家、诗人。

沉重的时刻

文 | 张海龙

岳飞的诗，至今书写在杭州西湖边北山路岳庙的墙上，像是沉重的叹息，和这座城市的轻逸正好形成对比。当年，他被以"莫须有"的罪名处死在这座城的风波亭中。今天，他以"风景"的名义被大众消费。

可是，谁能真正读懂那种愤懑与激烈？

都说"三十功名尘与土，八千里路云和月"，可是世人只看到了功名中断的不甘，哪里在乎路上的云与月？

岳飞冤屈而死，诗篇成了永远的悲歌。这足以告诉那些习惯了"一将功成万骨枯"的权势者与谄媚者要懂得谦卑。

里尔克那首《沉重的时刻》正适用于此："此刻有谁在世上的某处哭，无缘无故地在世上哭，哭我。/此刻有谁在夜里的某处笑，无缘无故地在夜里笑，笑我。/此刻有谁在世上的某处走，无缘无故地在世上走，走向我。/此刻有谁在世上的某处死，无缘无故地在世上死，望着我。"

把这样两首诗并置阅读，如同干将莫邪两柄利刃，或许能读出更多更深的意味。

编后记

文 | 娥娥李

庞德说："诗人是一个种族的触须。"作为一个诗人的我是如何感知世事，又如何把这些经验具体化到诗歌和日常生活，继而使人灵敏，诱发其鲜活的生命态势的呢？我怀着严肃且静穆的心情，考量过这个问题。

一、万物有灵

友人曾问我有何信仰，我说万物有灵。万物有灵，所谓灵，即灵性、性灵，也会有人说是灵魂。我无法做出精准的定义，但确知包含这样的意味：它是鲜活的，流动的；也许有生命的脉象跳跃，也许以静止的方式存在；它不仅不笨拙，而且还会思考。在它们的世界，思考的方式和结果并非我们常见的用语言阐述出来的"思考"，而是依旧处在我们暂时还未掌握其要义，抑或全然未知的领域。就像金子美铃《星星和蒲公英》里描写的"虽然眼睛看不见，但它存在着/有些事物看不见，却一直存在着"。

关于人类的认知，不妨把眼睛投向这个事实：我们自视甚高，"在夜之盛典中充当神秘之王，/天空专为我一人而张灯结彩！"（《当一切入睡》）或像莎士比亚著作里那个"延宕王子"哈姆雷特所信仰的（当然他也怀疑）人是"宇宙的精华，万物的灵长"。实则，地球在苍穹下宛如海滩上的一粒沙。

亲爱的小友们，我有个请求：请你们保留"十万个为什么"的天赋，保留质疑的态度，保留心中的明媚，保留身上发光的晶体；找出属于你们生命轨迹的密码，它可以毫无新意，也可以独具创见，但必须是你自己的；它极可能需要花去漫长的时间和历经曲折的路途才会有所获益。然而这就是人生，值得的人生。

二、心性的牵引

我一向葆有这样的观点：诗之所以迷人，有绝大部分原因来自于未知与不可解。这并非意味着看不懂就是好诗。恰恰相反，好的诗仅仅是不能完全确证，但可意会又妙在不可言传。甚至你会觉得那是心神荡漾后春风又送来怡情，是自己最隐秘恰切的思量。你想分享给世界，最后往往没有告诉任何人，因为语词难以抵达你心中的那片精深幽微的领地。毫无疑问，诗美与你的生命产生联结，得以沉潜，浸润血液，从此驻留于心内。

告诉你们一个秘密：大人其实没有多少知识，对天地万物的感情不如你们真挚，并不比你们美好，有些方面根本赶不上你们。我可以毫无忌惮地表示：你们当中一些人的明丽与我们某些大人的脏污，用云泥之别来比拟再合适不过。所以，我亲爱的小友们，请享受你们的春光花季，爱着可爱的你们吧！

你们听听！诗人米沃什在其著作《米沃什词典》中引用德国哲学家叔本华的一段论述，后者就认为所有的小孩都是聪明的，"孩提时代充满了天真和幸福。那是人生的天国、失去的伊甸园，在整个余下的人生过程中，我们会充满渴望地回顾它"。画家丰子恺也曾说过："天地间最健全的心眼，只是孩子们的所有物，世间事物的真相，只有孩子们能最明确、最完全地见到。"我心里就住着一个小孩，永远也不想长大。我向你们保证，不是为了融入你们才说这些，我所说的都是我的心里话。

我深信不疑你们会懂诗，以你们明净的心灵，徜徉在诗美的百花园中。不要考虑别人怎么读诗，因为这不是语文考试，没有人有资格要求你得满分，也不必考虑是否及格，你自己喜欢最重要。回溯至前面，可以总结出一些观点：永远都不要轻易地下"不懂""不会""不行"诸如此类消极的判断，尤其是对待自己的人生。若就是想承认自己的短处，也不代表人生暗淡，它至少是一种忠于自我的勇气。同理可证，对诗的理解亦是如此。我亲爱的小友们，能明白多少就多少，努力之后顺其自然，莫要强求。

话至此，倏忽想起小诗人张语嫣的一首诗《月光》：

月亮一如往常升起，
那一束光照在大地上，
我们是背后发光的人。

那束光亮得耀眼，
它是带着天空的力量而来的吗？

希望是的，
我不要翅膀，
只要永远拥有月光照亮。

诗人叶舟的一段话恰切地表达了我的想法，现引用如下："那些发光的人，和现在的张语嫣同学一样，试着命名，学着辨识。其实，光也是一枚种子，等待破土、萌芽、抽枝散叶，而后怒放。"

人的意志作为心性的牵引，受力于内，作用于外。意志最容易被浮华世界诱惑，若不加以克制，就会受其左右。此时，我们再来理解诗人说的"我不要翅膀"。某种意义上，这仿佛是对探秘未知世界的怠惰与寻访高远意趣的消极。然而无须多加思量就会明白，这非但不是妥协，不是放弃，而是一种为了寻求更纯粹的生命态势而生发的毅然决然。以我之见，正是这种亲近自然的生态意识成就了"背后发光的人"。

月光，光还是光，月亮还是月亮，本质不曾变化。你朝着未来前进，让心底的纯真和对世界的爱散发出去，它们依旧根植于你，但你，我亲爱的小友，已然是发光的你。

三、诗意的流动

从此刻开始，忽而释然，不再担心如何遣词造句，写些既符合一般后记的要求，又不暗淡文采的篇章；也无须忧虑怎样绞尽脑汁，拼凑出符合逻辑又疏密有度的文字形式，而是随着心念的流淌，不假思索地呈现给你们。

卡尔维诺在他的《新千年文学备忘录》（黄灿然译）中用五个特点概括文学。我想稍加变化以借鉴。因而，当与本书的主编张海龙先生谈及该如何写就这篇编后记时，他提议可以从轻逸、迅速、确切、易见、繁复几点入手，正好契合我心。

看到轻逸二字，脑海中欻然飘过一阵轻摇的春风，一只奔跑的矫健的小兔子，它们轻快得让人没有忧愁，犹如《山中一个夏夜》："满山的风全蹑着脚/像是走路一样，/躲过了各处的枝叶/各处的草，不响。"这些章句既新奇又富于想象力，还有一种难得的轻逸。

每个诗人都应该有其风格。我不明确自己的是什么。有个简单的句子也许可以稍加包容：我喜爱用浅白的字句阐释深如暗夜的意旨，这是偏于思辨的方面；另外偶尔我也抒写爱情，留下空白，以期思绪跳跃。《阴影掠过》给我强烈的速度感。诗行进得很快，句子颇有变化，诗人控制语词的能力非常强，又自然如行云流水，按着他的步调前进：

我们等待风
如同边界上的两面旗帜。

有一天，每一片阴影

将与我们擦肩而过。

诗的风格多种多样。有人要朦胧，有人爱确切。在我看来，后者意味着我们不需要费却脑力很容易就知道它在表达什么。《你不喜欢的每一天不是你的》，从标题到内容，一眼即知："幸福的人，把他们的欢乐/放在微小的事物里，永远也不会剥夺/属于每一天的、天然的财富。"这种诗好在易于理解，往往也差在缺少内涵。但这首的主旨既通俗又富有生活的哲理。同样，米沃什的《窗》也脱离了窠臼，有异曲同工之妙。

> 黎明时我向窗外瞭望，
> 见一棵年轻的苹果树沐着曙光。
>
> 又一个黎明我望着窗外，
> 苹果树已经是果实累累。
>
> 可能过去了许多岁月，
> 睡梦里出现过什么，我再也记不起。

当我打出"易见"二字，就在疑问自己：什么是易见？ 卞之琳的《断章》完全就是一幅"易见"的人物风景画。许是我出生于水乡，见过诸多江南的拱桥，桥边的酒肆和住家往往开着窗子，里面再探出个人头，可是一点都不稀罕的。如果那楼上有颗悸动的心，眼神离不开桥上着迷于风景的人，那番江南春光就另说了：

> 你站在桥上看风景，
> 看风景人在楼上看你。

明月装饰了你的窗子，
你装饰了别人的梦。

乍一看，《种种可能》实在清晰不过，但是只要多看几个字，就会明白
它背后所深藏的繁复之美。如我曾经所言，辛波斯卡的诗看似琐碎，却无
一处多余，常以渗透的方式，通过语词的叠加而体量丰厚，产生质感，逸
出笃情实状之外的想象空间：

我偏爱许多此处未提及的事物
胜过许多我也没有说到的事物。
我偏爱自由无拘的零
胜过排列在阿拉伯数字后面的零。
······
我偏爱牢记此一可能——
存在的理由不假外求。

张海龙是个诗人。他的诗《天真的诗篇》构筑了一系列繁复的意象，
中心直指：我们面对如流的洪水，目之所及满布昏聩，与此同时，我们如
何点燃和保持心中的天真——这颗明亮的星。由是，他反复发问："一个天
真的人该怎样开始生活？"这是一种灵魂深处的自我拷问。当意识到生命不
能逐波随流，就有了宛如救命稻草般的意志。但是，天真从来不是表面的
幼稚和单纯的感性，也并非意味着与理性和成熟相对，而是用坚韧的外壳
把它包裹起来，决意投入到生活的熔炉。"一个天真的人该怎样反抗生
活"？一个天真的人，其天赋就是从呱呱坠地到呼吸结束都在开始生活与反
抗生活之间平衡过渡，从无退缩。终究，初心不改。

四、生命的引流

　　我想，出版任何一本书都会有个初衷。《我们读诗·少年派》的愿望又是什么呢？我们希求借由此书，让小友们在烦琐、枯燥的学习之余，得以用诗浸润生活，葆有一些亘古不变的珍贵品性，譬如：纯真、善良、美感、想象、坚忍、悲悯、诚实、公义、有担当等等。为此我们反复思量，最后留下的诗篇在各个方面对大家都有教益。虽然我一直不提倡过多地对他人灌输自己的人生经验，以求其少走弯路，但是毋庸置疑，正确的价值观、辩证的思路、广阔的知识、卓越的诗文都可以使孩子们在未来有更为弹性灵活的人生选择。我们努力为之，寻觅到了一些相对理想的文本。

　　人最可贵的品质一定包括纯真善良。给青少年看的诗，更是要保留这一品性。星星特别适合表现这个主旨："星星睁着小眼睛，/挂在黑丝绒上亮晶晶""我向你们保证：/你们瞅着我，/我永远、永远纯真"。《对星星的诺言》中诗人以惺惺相惜的笔触表达怜悯。不可想象，如果没有感同身受的善意，缺乏悲悯之心，如何写得出这样的诗句：

> 星星的小眼睛，
> 洒下泪滴或露珠。
> 你们在上面抖个不停，
> 　是不是因为寒冷？

　　我发现有个现象，诗的拟人化，一般而言联结着善良、慈悲这类好的品德，譬如"去什么地方呢/这么晚了/美丽的火车/孤独的火车"。（《火车》）

　　同样是星星，索德格朗的是散落于黑夜的"星星的碎片"。没有轻灵的质地，代之以被黑暗裹挟的忧愁。由此可见，相同的事物在不同的心灵个体的感悟下，会产生截然不同的诗意。当然，不同的事物也可引发相同的意味。譬如"河流为什么在歌唱/因为云雀夸赞着它的浪声"(《河流》)。我们知道,这是典型的拟人化的描写方式。这里会唱歌的河流犹如那睫毛眨个不止的星星,充满童真童趣。

对美的感知是种能力。我们经常听人说世间并不缺少美,而是缺少发现美的眼睛。眼睛作为意识的工具,在此起着传导美的作用。那么要做到这点,首先要心灵美眼中才会有美,其次审美不会一蹴而就,需要多方细致培养;前者属于精神范畴,后者乃技术层面,两者缺一不可。只要经过适度的训练,美感就会逐渐建立,也许不会像与生俱来的审美感来得轻易与充沛,但对于丰富日常生活,依然可以起到画龙点睛的作用。

虽然一定程度上我相信审美来自修养又因修养而丰厚,但是我更信奉:美自天赋。作为一个诗人,或者说(在此我不想过度谦虚)作为一个懂得审美的诗人,我对诗美的感受力也许强于不那么爱诗的人。《记忆看见我》这首诗既可以体现读者高深的审美趣味,也显出诗本身所具有的超逸的美感。

> 我必须到记忆点缀的绿色中去
> 记忆用它们的眼睛尾随着我。
>
> 它们是看不见的,完全融化于
> 背景中,好一群变色的蜥蜴。
>
> 它们如此之近,我听到它们的呼吸
> 透过群鸟那震耳欲聋的啼鸣。

美中总是掺杂着虚空、凄切、怅然的因子。在我们所选的诗里,里尔克的《豹——在巴黎植物园》给我非常深刻的印象。喜爱里尔克诗的人大约都知道《秋日》。但我对他的《豹》有别样的情怀，会情不自禁地想象失去自由，以豹的身份在铁栅栏里徘徊，"只有时眼帘无声地撩起"，一切悸动的念想"在心中化为乌有"。

一贯认为想象力是一个人得以保持童真和快乐的源泉，也是文艺创作的要素。《捉月亮的网》："我正在天空自在地打着秋千，/网里的猎物却是个星星。"当我看到这样的诗行，不得不感叹诗人想象力的丰富以及诗所呈现的轻逸的美感。

昌耀的这首《斯人》我不想给出很具体的评论，但会毫不吝啬言辞：他用如此短促的文字，达到了空间的高远、时间的绵长和想象力的无穷。还有，苍穹下无声的永恒的寂寥！

> 静极——谁的叹嘘？
> 密西西比河此刻风雨，在那边攀缘而走。
> 地球这壁，一人无语独坐。

说起昌耀，期待大家可以关注他的《内陆高迥》——这是他的诗中我特别喜爱的一首。正好一并再介绍我非常欣赏的另两位现代诗人：穆旦和冯至。穆旦原名查良铮，他不仅是位卓越的诗人，还是个优秀的翻译家。我们这部诗集并未收入他的诗作，免于遗憾，正好有普希金的诗入选，于是毫不犹疑地选了他的译本。冯至曾被鲁迅誉为"中国最优秀的抒情诗人"，这里选了他的诗《南方的夜》，我个人还钟情于他的《十四行集》。

想起张海龙对骆一禾的评价："海子的光环太大，几乎淹没了骆一禾，骆一禾是一个被严重低估的诗人。"我以为再正确不过。先说海子。《面朝大海，春暖花开》，现如今几近成为漫游远方和登临理想的代名词。鉴于此诗是海子在自杀前不久所作，那些把这首诗当作欢欣鼓舞的人，是对它莫大的讽刺。一个生命的消亡，假若是自我选择，绝非一日的忽然，而是长久以来对生命探寻不到意义、感到绝望后的果决行为。此情此景之下作的诗，纵使表象上充满着生机，也只是对现实无奈的回光返照。海子，是善良的孩子，他会说："陌生人，我也为你祝福。"所以每每遇到这首诗，我非但不会感到快乐，而且还会以一个脆弱又敏锐的灵魂感同身受着他的死生之痛。海子那本由西川编辑整理的《海子诗全集》够大家仔细研磨几年的。我最推崇他的《黑夜的献诗》。

骆一禾的诗，我先前只看过长诗《世界的血》，这已足够引起我的重视。此次所选的《灿烂平息》也保持着相当的水准，体现着他对社会的忧思与自我的审问——"这一年春天的雷暴不会将我们轻轻放过"。

曾子曰："士不可不弘毅"，简单说来就是为人（成就一番事业）要有宏大的志向和坚忍的毅力。固然，我们永远都在祝福友人万事如意，但没有任何人的生活真的会完全顺心。所以面对困境算是人生的常态。此时，有开朗的心情，加之"弘毅"的个性，自然就会明白也会遵行普希金的劝诫：

> 假如生活欺骗了你，
> 不要忧郁，也不要愤慨！
> 不顺心时暂且克制自己，
> 相信吧，快乐之日就会到来。（《假如生活欺骗了你》）

曾有人问我，交友时最看重什么品格？这实在难以作答。因为美德虽不易践行，生活中却也并非少见；尽管如此，诚实依然是我的首选之一；与其一同存在的往往是公义和担当。因而，我衷心盼望亲爱的小友们能好好体会下《如果》这首诗。它几乎涵盖了一个人在不同遭遇下仍然坚持美好品行的全部内容，对引导你们树立良好的价值观和正确的人生观起着重要作用。譬如："如果你有梦想，又能不迷失自我""如果看到自己追求的美好，受天灾/破灭为一摊零碎的瓦砾，也不说放弃""即使遭受失败，也仍要从头开始""如果他人的爱憎左右不了你的正气，/如果你与任何人为伍都能卓然独立"。

黑塞的《书籍》值得一提："世界上的一切书本，/不会有幸福带给你，/可是它们秘密地叫你/返回到你自己那里。"这个循环往复的过程就是一个生活知识和学术修养齐进的过程。书有千千万，能够启迪智慧的，未必会被接纳，而大家喜爱的，尤其是时下的书籍，我不能以偏概全都说不好。基于青少年时期是人生知识结构建立的初期，却又是非常关键的时期，故而建议多多翻阅典籍，例如《诗经》《楚辞》，孔孟之道和老庄之学。这些实属老生常谈，但不可小觑。根底结实了，容易枝繁叶茂，也不易被各种杂家游说坏了心性。仿佛我有反骨，却又顺应传统。其实关于读书，我没有太多心得，必须要举出一点的话，倒是重在思辨。以近一两年总结，诗看得最多。此时此刻，我只是凭着一腔热血，把我的经验世界揭示给你们。我冒昧再推荐两本与诗有关的书：冯至译里尔克著《给青年诗人的信》，陈重仁译博尔赫斯著《诗艺》。其他类别的，我就不妄下结论了。

"我们读诗"团队对《我们读诗·少年派》一再校稿、反复修订。我们做不到最好，但祈愿可以更好。论及此处，我想到《花与恶心》："它很丑。但它是一朵花。它捅破了沥青、厌倦、恶心和仇恨。"我曾经问过张海龙先生是否确定要选这首"花和脏污"并置的诗，才知是他刻意选的。故我大胆揣测他是企盼你们不光看到修饰着美好词句的诗篇，还有从污秽和乱石中发现花朵和洗亮金子的能力。

给少年的诗，我们需要涉及爱情吗？谁人不需要呢！况且你们正在长大。好吧，既然终归要面对，那么我就举出一首。许多人都看过勃朗宁夫人的《葡萄牙十四行诗》，我们此次也选了其中一首。在某些诗人那里，浪漫几乎成为爱情诗的代名词。勃朗宁夫人也不例外，但她另有深远之意。爱情关乎鲜花的盛放，更注重灵魂的契合：

说你爱我，你爱我，你爱我，把银钟
敲个不停！——亲爱的，只是别忘这一点：
也要用沉默来爱我，用你的心灵。

世间若有什么事对每个人而言都是公平的，我想就是时间。无论我们的行迹像蜗牛一样缓慢抑或快速如光流，在一个时光沙漏里，我们谁也没有比其他任何人获得更多。很遗憾，时间对每个人来说，永远都不够！那些往昔时光总是蒙上灰尘，让人伤感。赫尔曼在《动物》里用冷静、克制和星微荒诞的笔调栩栩如生地描绘了这个隐秘动物——时间——是如何一点一滴在吞噬我们：

我白天做的事，它晚上吃掉。
我晚上做的事，它白天吃掉。
只给我留下记忆。连我最微小的错误和恐惧
也吃得津津有味。

在所有这些诗里，有一首特别适合爸爸妈妈看。那就是纪伯伦的《孩子》：

你们的孩子，都不是你们的孩子。
乃是"生命"为自己所渴望的儿女。
他们是凭借你们而来，却不是从你们而来，
他们虽和你们同在，却不属于你们。

不知父母大人看到这里做何感想。以我拙见，家长通常会情不自禁以爱的名义把孩子作为上天的礼物占有，而孩子大多认定父母是约束自由和控制思想的暴君。在如此强烈的不平衡、不平等中，慢慢地，孩子与父母除了血脉的联结，很难进行沟通，更别想成为可以在精神层面交流的真正的朋友。

受邀协助编辑《我们读诗·少年派》，得益于浙江大学出版社及"我们读诗"主编张海龙先生的信任，以及陈智博友和编辑的耐心，其间有闪光的时辰，亦有迷思的长日，我们都尽力了。

任何一本诗集，都难免会有不少遗珠之憾和谬误之处。因而，恳请各位方家不吝赐教。

（注：本诗集中的朗读音频，因朗读者情境所需，与原文略有不同。）

朗读者

俞尤棠/

浙江省杭州市富阳区知联朗诵团成员，中国陶行知研究会青春期教育专业委员会理事。

杨和平/

新疆朗诵艺术协会会员。

夏琳/

浙江省杭州人民广播电台"FM89杭州之声"《全城热爱》节目主持人。

卡娜/

浙江大学汉语语言学硕士研究生，来自俄罗斯。

李琪/

浙江省杭州人民广播电台"FM89杭州之声"《嘻哈大会》节目主持人。

雅楠/

教师，诗歌爱好者。

方菊芬/

浙江省杭州市富阳区知联朗诵团成员。

李冠男/

资深媒体人，长期从事电视专题节目、纪录片的策划、导演、撰稿工作。

韩松落/

作家，影评人。主要作品："为了报仇看电影"系列、《窃美记》《怒河春醒》等。

孙全/

浙江省杭州市富阳区知联朗诵团成员，小学教师。

丁曦/

浙江省杭州市富阳区知联朗诵团成员，雨田中医行政总监。

朗读者

陆鑫慧/

浙江省杭州市富阳区知联朗诵团成员。

郭一莲/

浙江省杭州市富阳区知联会执行会长。

祝一君/

浙江省杭州市富阳区人大常委会副主任，富阳区知联会会长。

沈雯/

浙江省杭州市富阳区知联朗诵团成员。

杨玲玲、罗宾/

杨玲玲，浙江大学西语教师，罗宾是她的助理。

段铁/

浙江省朗诵协会常务理事，浙江图书馆文澜朗诵团成员，国家级普通话测试员。

夏荷/

原名胡彦。新疆朗诵艺术协会会员。

段莹/

媒体从业者，文史爱好者，业余声优。

薛峰/

浙江省杭州市富阳区知联朗诵团成员，青年演员，主持人，活动策展人。

雷鸣/

浙江省杭州人民广播电台"FM89杭州之声"主持人。

苏晓晓/

现就职于杭州市社会治理研究与评价中心，杭州市城市品牌促进会活动部副主任。

朗
读
者

庞赛/

浙江省检察官朗诵团成员，现就职于杭州市人民检察院。

吕长荣/

现就职于工商银行新疆分行办公室，美术师。

家宝/

新疆朗诵艺术协会会员。

严瑛/

白马湖诗社副社长，朗诵团团长，"我们读诗"艺术团成员。

蒋一萍/

河北省保定市视听十佳编辑。

大漠胡杨/

原名黄跃华。华人文艺联盟朗诵顾问，海内外多家华语媒体平台特邀嘉宾主播。

冬之恋/

原名杨冬冬。喜欢唱歌，配音和朗诵。

云的女儿/

原名秦颖。酷爱诗歌朗诵。

楚贝贝/

从事公共服务行业，热爱朗读和文学。

静思如花/

一位热衷于朗诵，在诗海里遨游的吟者。

老洪/

崇尚普通话，热衷朗诵，极力维护方言。

朗读者

涛声悠扬/

原名彭涛。浙江省朗诵协会首
批会员，"我们朗读"创始人，
浙江传媒学院客座教授。

钱柏仲/

新疆朗诵艺术协会会员，国家
级高级朗诵教师。

潘洗尘/

天问文化传播机构董事长，《诗
歌 EMS》周刊、《读诗》《译
诗》《评诗》主编，天问诗歌艺
术节主席，当代诗人。

凌燕/

新疆朗诵艺术协会会员。

姜林杉/

原名姜虹。 江苏广播《林杉声
音杂志》节目主持人，中国播
音主持"金话筒"奖获得者。

蒋海滨/

浙江省杭州市富阳区永兴小学
语文教师，富阳区演讲协会发
起人，曾多次获得全国省市区
各级演讲大赛一、二等奖。

孙嵘/

诗歌爱好者。

丝缘/

原名沈昵。中国民主促进会会
员，安徽省民间文艺家协会会
员，滁州市作家协会会员。

孙玥/

河南电视台航空港卫视记者，
《财经新航线》主持人。

丁一平/

一名喜欢诗歌的高级会计师。

凌优格/

活泼开朗，喜欢看书和运动。

顾笑如/

浙江省杭州市文三街小学学生。

张语嫣/

七年级开始写诗，主要作品：诗集《背后发光的人》。

潘黎/

新疆卫视主持人，主持多档谈话类节目、历史文化类节目及各类晚会，曾获中国新闻奖一等奖，多次荣获新疆新闻播音主持奖。

安娜/

原名黄琪媛。"钱塘文化"儿童形象大使。

杨晨/

杭州师范大学钱江学院播音主持专业学生，曾为杭州青年话剧团演员，出演话剧《重返二十岁》并获浙江省"五个一工程奖"。

闫飞/

浙江省杭州市伍林景观建筑设计有限公司总经理，夕影亭雅集群群主，朗诵爱好者。

高峰/

中央电视台副台长，中央新影集团董事长兼总裁。

于丹/

北京师范大学教授、博士生导师，北京师范大学文化创新与传播研究院院长，北京师范大学艺术与传媒学院副院长，国务院参事室特约研究员。

李林虓/

杭州师范大学毕业生，现为幼儿教师，朗诵爱好者。

玫瑰姐姐/

原名甘露。浙江省杭州市柔丝旗袍馆馆主，"我们读诗"旗袍会会长，人称"玫瑰姐姐"。

柴莉莉/

浙江省杭州市暮黎工艺品设计有限公司总经理，暮黎茶舍主人，暮黎茶修学堂茶艺教师。

娥娥李/

原名李红娥。诗人。有个诗歌原创公众号"诗朗湖"。

涂国文/

诗人，浙江省作家协会会员，国家二级作家。

张海龙/

诗人，作家，影像评论家，"我们读诗"总策划。

任轩/

诗人，《拱宸》杂志主编，拱宸书院院长。著有诗集《大河无言》。

韩松落/

华语电影传媒大奖评委，《GQ》中文版2012年"年度专栏作家"。主要作品："为了报仇看电影"系列、《窃美记》《我们的她们》《怒河春醒》等。

冯国伟/

诗人，网络艺评人。主要作品：艺术评论集《艺术人生》《心相印象》《以心印心》《从心出发》。

陈智博/

"我们读诗"执行主编。

陈曼冬/

浙江省杭州市作家协会秘书长。

伤水/

原名苏明泉。诗人，作家，文学评论者。主要作品：诗集《将水击伤》《洄》等。

海岸/

诗人，学者，翻译家。主要作品：《海岸诗选》《挽歌》，译有《狄兰·托马斯诗选》《贝克特全集1：诗集》等。

李郁葱/

中国作家协会会员。

草人儿/

诗人，中国作家协会会员。主要作品：诗集《或远或近》。

泉子/

诗人。主要作品：诗集《雨夜的写作》《与一只鸟分享的时辰》《秘密规则的执行者》等。

黑丰/

诗人，作家。主要作品：诗集《空孕》《灰烬中的飞行》，中短篇小说集《第六种昏暗》，随笔集《听夜虫唱歌的庄稼》等。

赵佳琦/

浙江大学竺可桢学院汉语言文学专业学生。

孙昌建/

中国作家协会会员，浙江省作家协会诗创委副主任，杭州市作家协会副主席。

麦冬/

中国文艺家协会理事，中国作家协会会员，中国诗歌学会会员。

沙马/

原名刘伟。诗人。主要作品：《零界》《泡沫时代》等。

孙蒴麦/

中央民族大学汉语言文学专业学生。

诺布朗杰/

诗人。

吕达/

中国诗歌学会编辑出版部主任，《中国新诗》编辑。

劳月/

浙江省人民检察院退休检察官，朗诵爱好者。

诗评人

左悦/

"我们读诗"编辑。

俞国娣/

浙江省杭州市崇文实验学校校长、党总支书记，小学语文特级教师、正高级教师。

郭建强/

诗人。主要作品：诗集《穿过》《植物园之诗》《昆仑书》等。

刚杰·索木东/

中国作家协会会员，藏人文化网文学频道主编。

许春波/

中国诗歌学会会员，中国散文学会会员，中国少数民族作家协会会员，浙江省作家协会会员，杭州市书刊发行业协会会长。主要作品：诗集《聆听》《指尖上的螺纹》《半个秋天》。

吴重生/

诗人，中国作家协会会员，浙江日报北京分社社长。著有诗集《你是一束年轻的光》。

徐兆寿/

中国作家协会会员，现任西北师范大学传媒学院院长。主要作品：《麦穗之歌》《鸠摩罗什》等。

郑重/

浙江图书馆文澜朗诵团成员。

叶舟/

诗人，小说家，编剧。作品曾获过鲁迅文学奖、"敦煌文艺奖·突出贡献奖"等。

赵晓辉/

文学博士，北方工业大学副教授，主要从事古典诗词研究，间或写诗。主要作品：《清镜幽匣集》《诗游记》等。

李豪逸/

曾任浙江省杭州市第二中学桃李文学社副社长，杭州市少年文学院院士，曾获第八届冰心作文奖一等奖，现留学美国。